OBRAS COMPLETAS DE ALUÍSIO AZEVEDO

1. UMA LÁGRIMA DE MULHER (1880)
2. O MULATO (1881)
3. A CONDESSA VÉSPER (1882)
4. GIRÂNDOLA DE AMORES (1883)
5. CASA DE PENSÃO (1884)
6. FILOMENA BORGES (1884)
7. O HOMEM (1887)
8. O CORUJA (1889)
9. O CORTIÇO (1890)
10. O ESQUELETO (1890)
11. A MORTALHA DE ALZIRA (1893)
12. O LIVRO DE UMA SOGRA (1895)
13. DEMÔNIOS (1893)
14. O TOURO NEGRO (1938).

O HOMEM

OBRAS COMPLETAS DE ALUÍSIO AZEVEDO

7.

Introdução de
JOSÉ GERALDO VIEIRA

Vinheta de
CLÓVIS GRACIANO

Capa
Cláudio Martins

O HOMEM

EDITORA GARNIER

118, Rua Benjamin Constant, 118 | 53, Rua São Geraldo, 53
RIO DE JANEIRO | BELO HORIZONTE

Ao

DR. JOSÉ MONTEIRO DA SILVA

O Autor

2003

Direitos de Propriedade Literária adquiridos pela
EDITORA GARNIER
Belo Horizonte — Rio de Janeiro

Impresso no Brasil
Printed in Brazil

Quem não amar a verdade na arte e não tiver a respeito do Naturalismo idéias bem claras e seguras, fará, deixando de ler este livro, um grande obséquio a quem o escreveu.

"Tu a amar-me e eu a amar-te;
Não sei qual será mais firme!
Eu como sol a buscar-te;
"Tu como sombra a fugir-me!"

Canção Popular.

"Les passions et les affections morales
tristes sont les seules qui prédisposent à
l'hystérie."

Dr. P. Briquet — *Traité clinique
et thérapeutique de l'hystérie —
Art. XVI.*

"L'aliénation est, à bien considérer, une
douleur; la malheur est au fond du plus
grand nombre des vésanies."

Guislain — *Phrénopathies.*

"Le sommeil est une façon d'exister tout
aussi réelle et plus générale qu'aucune
autre."

Buffon.

INTRODUÇÃO

No cadastro dos ficcionistas brasileiros quem quisesse levantar o inventário dos contos, novelas e romances naturalistas, situaria entre O Cacaulista, de Inglês de Sousa e Os Gêmeos, de Papi Júnior, isto é, entre 1876 e 1914, apenas duas dúzias de livros, dispondo-os numa estante em ordem cronológica:

1.º O Coronel Sangrado, *de Inglês de Sousa.*
2.º O Mulato, *de Aluísio Azevedo.*
3.º Casa de Pensão, *de Aluísio Azevedo.*
4.º O Homem, *de Aluísio Azevedo.*
5.º O Missionário, *de Inglês de Sousa.*
6.º Cenas da Vida Amazônica, *de Inglês de Sousa.*
7.º O Cromo, *de Horácio de Carvalho.*
8.º A Carne, *de Júlio Ribeiro.*
9.º Hortênsia, *de Marques de Carvalho.*
10.º O Lar, *de Pardal Mallet.*
11.º O Cortiço, *de Aluísio Azevedo.*
12.º A Fome, *de Rodolfo Teófilo.*
13.º A Capital Federal, *de Coelho Neto.*
14.º A Normalista, *de Adolfo Caminha.*
15.º Livro de Uma Sogra, *de Aluísio Azevedo.*
16.º Bom Crioulo, *de Adolfo Caminha.*
17.º Os Brilhantes, *de Rodolfo Teófilo.*
18.º Maria Rita, *de Rodolfo Teófilo.*
19.º Morbus, *de Faria Neves Sobrinho.*
20.º O Simas, *de Papi Júnior.*
21.º Paroara, *de Rodolfo Teófilo.*
22.º O Urso, *de Antônio de Oliveira.*
23.º Vil Metal, *de Batista Cepelos.*
24.º A Luta, *de Emília Bandeira de Melo (Carmem Dolores).*

Pois Aves de Arribação, *de Antônio Sales,* Os Gêmeos, *de Papi Júnior,* Alma em Delírio e Mana Silvéria, *de*

10 OBRAS COMPLETAS DE ALUÍSIO AZEVEDO

Canto e Melo, Dois Metros e Cinco, *de Cardoso de Oliveira e* O Caboclo, *de Avelino Foscolo já surgiram quase quando o chamado naturalismo já se ia metamorfoseando em Nova Objetividade e Verismo.*

Os dois períodos máximos do naturalismo na ficção brasileira após a data de sua implantação entre nós (1877), foram 1888 e o último lustro do século passado. De fato, em 1888 apareceram obras fundamentais do realismo brasileiro: O Missionário, Cena da Vida Amazônica, O Cromo, A Carne, Hortênsia, O Lar. *E entre 1895 e 1899 apareceram* O Livro de Uma Sogra, Bom Crioulo, Os Brilhantes, Morbus, Maria Rita, O Simas, *e* Paroara.

Se o naturalismo germinou entre 1876 e 77 no Norte, com duas obras pioneiras de Inglês de Sousa, O Cacaulista *e* O Coronel Sangrado, *nasceria deveras em 1881 com o livro* O Mulato, *de Aluísio Azevedo. Teria depois um* habitat *demorado no Nordeste, principalmente nos grupos de artesanato e polêmica do Recife, para então medrar no Rio de Janeiro.*

Germinou, nasceu e proliferou tarde, alguns anos após os movimentos históricos em França, e é notório que seus sequazes nacionais teriam em Flaubert, Zola e Eça de Queirós os paradigmas mais ortodoxos.

A influência tendo sido empírica, os processos intuitivos, é fácil da perspectiva temporal de hoje notar que a fatura, a composição e os planos estavam eivados dos vezos do romantismo principalmente quanto à linguagem, mormente nos diálogos. Os nossos naturalistas de primeira hora custaram a safar-se da indumentária léxica, sintática e estética do romantismo, e dos enredos teóricos da casuística do romance habitual. Antes de mais nada, o romance realista precisava adotar arcabouço novo, arquitetura diferente, evoluir nos planos formais. Os nossos naturalistas assumiram ares de peritos em Claude Bernard através de Zola e trataram primeiro de apresentar estudos de fisiopatologia, desenvolvendo postulados sobre vícios, instintos, problemas sociais, hereditariedade etc. Essa atitude cientificista e polêmica de abandono e desdém pelo já feito precisaria valer-se antes de reformas básicas de fatura e composição, arredando de vez a carpintaria e o material do romantismo. Isso não tendo ocorrido logo, vimos os despautérios de biotipologia de textos como os

O HOMEM 11

de Celso Magalhães de ordem cientificista, entre Charcot e Claude Bernard, trafegando porém ainda em bitola romântica e vernácula. Foi o que travou o ímpeto sincero dum Carneiro Vilela. Foi o que fez A Carne de Júlio Ribeiro não poder ser, no seu tempo, algo como O Amante de Lady Chatterley. Talvez, nessa programação cientificista o livro nacional de realização mais viável tenha sido Morbus, de Faria Neves Sobrinho.

Se os naturalistas nacionais em seus contos, novelas e romances tivessem empreendido primeiro que tudo um make-up da área literária derrubando tudo e reedificando as formas ou recipientes, lograriam fazer obra ainda hoje legível. Escaparam dêsses defeitos e fatura, muitas vêzes Aluísio Azevedo, quase sempre Rodolfo Teófilo, uma vez Coelho Neto em A Capital Federal, Adolfo Caminha em A Normalista e principalmente em Bom Crioulo. Os demais trabalhavam com cenários velhos, peremptos, em restos de hospitais quando precisavam de laboratórios.

Da distância daquela época para hoje, literariamente sobram dois livros de Inglês de Sousa, O Missionário e Cenas da Vida Amazônica; cinco livros de Aluísio Azevedo, O Mulato, Casa de Pensão, O Homem, O Cortiço e O Livro de Uma Sogra; todos os livros de Adolfo Caminha e a série excelente de A Fome, Maria Rita, Os Brilhantes e Paroara, de Rodolfo Teófilo. Claro que me estou referindo ao lado artesanal das obras como confecção segundo modelos formais de uma escola.

Nesse sentido, dos autores naturalistas em nossa ficção, os de permanente desenvoltura (mesmo lidos hoje) são Aluísio Azevedo. Inglês de Sousa menos, Adolfo Caminha no pouco que deixou, e Rodolfo Teófilo em todo o seu conjunto.

Há, porém, livros defeituosos como artesanato realista, que marcaram época por certos outros atributos e tarefas da escola tarde emigrada para o Brasil. Refiro-me a certas constantes de programação atuante na linha cientificista que possibilitou entradas em áreas ainda não exploradas pela nossa novelística: instintos, questões sociais, escravatura, doenças, heranças mórbidas, familiares etc. Quanto a isso, há que citar A Carne, de Júlio Ribeiro que com seu escândalo de enrêdo levaria os trâmites líricos a uma esfera sensorial bem diversa da liturgia dos român-

12 OBRAS COMPLETAS DE ALUÍSIO AZEVEDO

*ticos, inaugurando entre nós uma literatura até então
envergonhadiça;* A Normalista, *de Adolfo Caminha, que
levaria mais longe a análise das condições da mulher até
a desenvoltura de* A Luta, *de Carmem Dolores. E, mais
que tudo,* O Mulato, *de Aluísio Azevedo programando
largas tarefas no campo das injustiças sociais e no campo
da análise de coletividade, indo ter à estratificação de*
Casa de Pensão *e* O Cortiço, *do mesmo autor, com as ulteriores variantes de tarefa de livros como* Bom Crioulo, O
Lar, Vil Metal *etc.; e num plano mais amplo, a obra toda
de Rodolfo Teófilo, que quer no formal, quer na função,
foi dum dinamismo de eficiência absoluta. Neste particular sua obra, mais* O Mulato, O Cortiço *e* Casa de Pensão,
de Aluísio, e as tentativas ulteriores de Cardoso de Oliveira e Avelino Foscolo, bem como O Urso, *de António de
Oliveira e* Morbus *de Faria Neves Sobrinho, são marcos
e balizas.*

Como me coube escrever a respeito de O Homem, *de
Aluísio Azevedo, deixo de lado a historiografia do romance
naturalista brasileiro, sua análise e inventário, para fazer
um corte transverso nesse volume de 230 páginas, corá-lo
com a fucsina das impregnações histológicas e pô-lo sob
uma lente de dioptria vectorial.*

*Já diversos críticos de responsabilidade, estudando a
obra do nosso grande romancista, se detiveram no livro*
O Homem. *Positivamente não tem a valia objetiva (literária) nem subjetiva (dialética) de* O Mulato *e* O Cortiço,
*por exemplo. Não tem mesmo como trabalho artesanal o
mérito de* O Coruja, *nem a densidade demográfica de personagens e comparsas como* Casa de Pensão. *Lúcia Miguel
Pereira já dissecou o sétimo romance de Aluísio Azevedo,
mostrando como quem soergue num plexo muscular e nervoso sua aversão congênita para certas esferas da realidade. Mostrou mesmo como seu estilo de hábito fluente,
se enrija e obscurece, não dispondo de vibração que contagie o leitor. A analista considera* O Homem *um livro falso,
de mera programação cientificista, e eu acrescento que
nesse sentido ele é inferior a* A Carne, *de Júlio Ribeiro,
Mas o crítico não pode ater-se a uma obra isoladamente, e
sim estudar a função que ela exerceu e as conseqüências que
determinou. Ora,* O Homem *atuou nas rodas literárias
do naturalismo e é como uma proliferação de caldo de*

O HOMEM 13

estufa ou de laboratório todo o fungus *que germinou em livros outros tais como* O Lar, O Cromo, Hortênsia, *até mesmo* A Carne *etc. Não somente Aluísio influenciou uma equipe com seu livro* O Homem, *como, por havê-lo escrito em 1887, véspera da grande fase realista de livros como* O Missionário, Cenas da Vida Amazônica *e antevéspera de* O Cortiço, *atuou por seu prestígio. É por isso que uma obra eivada de defeitos artesanais e de atitudes cientificistas, deu no ano seguinte, em 1888, uma prole espúria constituída por* O Cromo, O Lar, Hortênsia, A Carne *etc.*

Dado o caráter polêmico do movimento, principalmente quanto aos enredos (pensemos na briga de Júlio Ribeiro com um prelado culto, no dístico do próprio Aluísio Azevedo em O Homem "Quem não amar a verdade na arte e não tiver a respeito do Naturalismo idéias bem claras e seguras, fará, deixando de ler este livro, um grande obséquio a quem o escreveu", *nas brigas de grupo no Recife e Fortaleza, nos doestos trocados entre "os franceses" e "a Padaria Espiritual" etc.) verificamos que uma personagem como Magdá, inferior como criação humana e temperamental a Ana Rosa de* O Mulato, *serviu de paradigma a muitos escritores em suas galerias de tipos instintivos.*

Nota-se então que, na evolução e bem antes da fase de decantação duma escola, não é o livro como obra-prima literária que influi, e sim aquele que, no auge do movimento, tem caráter polêmico e dinâmico. Por certo a aura de imantação em 1887 de O Homem *foi diferente, como linhas de força, da aura de magnetismo de livros bem melhores como* O Mulato, O Cortiço, O Coruja, *e outros. Pois se êstes influenciaram justamente por uma soma ponderável de atributos bem típicos do naturalismo, pela análise dos cortiços de São Romão e Cabeça de Gato, pela justeza humana e social de personagens como Raimundo, Ana Rosa, pelo corte transverso na vida da província em suas estruturas religiosas, escravocrata e familiar, pelo quadro exato de ambiência burguesa como a família Miranda, pelos ciclos geopolíticos (perdoem-me a expressão) do Maranhão e do Rio de Janeiro, isto é, pelo desenvolvimento exato das tarefas artesanais e dialéticas do naturalismo, já* O Homem, *por seu valor teórico de tese, digamos assim, pôs de lado o que fôra feito em 1881, em 1884, o que seria feito em 1890 e 1895, para ater-se ao chamado romance experimental.*

14 OBRAS COMPLETAS DE ALUÍSIO AZEVEDO

Bem sabemos, na relativamente ainda curta metamorfose da novelística universal, o que sejam as fases renovadoras da ficção como formal e como essência. A partir de Flaubert e Zola, depois a partir de Joyce e Proust, em seguida a partir da Nova Objetividade, pouco depois a partir do Verismo italiano, as reformas de base da novelística sempre tiveram duas tendências simultâneas: a literária e a sociológica. O ficcionista pioneiro desdenhava a casuística já saturada e o processo já gasto e procurava novas maneiras. As mais recentes, depois de Breton, Thomas Wolfe e Samuel Beckkett, foram as de Alain Robber-Grillet e Nathalie Sarraulte, com as variantes Michel Butor e Claude Simon.

Por diferentes que se apresentem hoje os diversos make-ups *realizados, inclusive a integração da escrita automática dos surrealistas, tais reformas visam sempre encarar a realidade através de ângulos novos, de certos* multiple views. *Ora, essa realidade objetiva e íntima, individual e coletiva, humana e ecológica, do estatístico e do excepcional, da rotina e anômalo, e que tudo se vai alterando no tempo e no espaço, por contingências históricas e sociais, obriga a novelística a mudar de* chassis *e de carroçaria, de motor e de velocidades, de tráfego de tração e de propulsão, para melhor e mais eficiente tomada de perspectivas. O aparelhamento léxico e sintático, o gosto como índole instintiva e como obrigatoriedade estética, a saturação de processos caducos, tudo isso vai criando na evolução da novelística maneiras novas, mesmo quando empíricas e reflexas.*

Se nos detivermos na contemplação do cadastro dos nossos ficcionistas, veremos que, entre o último quartel do século passado e até pouco antes da Primeira Grande Guerra Européia, certos elementos nacionais, e sua maioria do Norte e do Nordeste cultivaram já com certo atraso relativamente ao movimento europeu o chamado naturalismo. Já vimos que um inventário cronológico de 1876 a 1914 pode poupar desse nosso movimento apenas 24 obras de teor mais ou menos ortodoxo quanto à escola. Já vimos, outrossim, que o cadastro principalmente em 1888 e no último lustro do século passado, e depois incluindo os retardatários é constituído por 13 autores. Quanto à legibilidade hoje em dia de suas obras, verificamos que, por nos termos amoldado a uma intensa bibliografia exterior nacional e

O HOMEM 15

estrangeira na pauta do romance objetivo, de então para cá tendemos a restringir cadastro e inventário, admitindo como perduráveis, no naturalismo de 1877 a 1913, autores como Inglês de Sousa, Aluísio Azevedo, Júlio Ribeiro, Rodolfo Teófilo, Adolfo Caminha e Emília Bandeira de Melo, e livros como O Missionário, Cenas da Vida Amazônica, O Mulato, Casa de Pensão, O Homem, O Cortiço, O Coruja, Livro de Uma Sogra, A Carne, A Fome, Maria Rita, Os Brilhantes, Paroara, A Normalista, Bom Crioulo e A Luta. *Que ainda lemos com curiosidade relativa O Lar, O Simas, O Urso, O Caboclo, respectivamente de Pardal Mallet, Papi Júnior, António de Oliveira e Avelino Foscolo; admitindo ainda certos livros de Canto e Melo.*

Romances, novelas e contos há que, ulteriores a esses, já fora da fase histórica do naturalismo — quando imperavam na Europa a Nova Objetividade e o Verismo — foram bem feitos porém não são incluídos no movimento já que devem ser considerados conseqüências de sua extratificação e resultados de prática a posteriori.

E romances, novelas e contos há que, situados cronologicamente no eixo do movimento, formando a elipse temporal 1888-1895, conquanto não tenham historiograficamente a importância objetiva e dialética de O Coronel Sangrado, O Mulato, O Cortiço, A Normalista, Bom Crioulo, A Capital Federal, A Fome, Paroara *etc., contudo, como nos casos mormente de* O Homem *e* A Carne, *exerceram um papel de mordente químico, de linhas de força, não obstante sua ataxia formal e estética.*

O valor histórico e experimental de O Homem, *por exemplo, apesar mesmo de na obra total de Aluísio Azevedo ser peça trôpega, está em, devido a essa marcha claudicante, se ter tornado notado por sua propulsão cientificista. Mesmo mancando, foi dum dinamismo virgulado, de alfanje, exercendo no traçado da obra de Aluísio uma função de viés. E esse viés, essa diagonal, criou uma perspectiva nova, diferente, influiu deveras. Tem, principalmente uma valor catalítico, de presença. Determinou na dialética do naturalismo brasileiro uma variante, a cientificista, de análise, demora e vinco em certas áreas de enredos, exercendo uma experiência nova.*

Sem O Homem *provavelmente não seria escrito o livro de Júlio Ribeiro,* A Carne, *um dos escândalos polé-*

16 OBRAS COMPLETAS DE ALUÍSIO AZEVEDO

micos do movimento. Nem teriam sido escritos os de teor análogo da autoria de Horácio de Carvalho e Marques de Carvalho. Pode-se mesmo afirmar, por paradoxal que pareça, que Aluísio Azevedo escreveria O Mulato e O Cortiço, mesmo que não se filiasse ao naturalismo, pois chegaria àqueles temas reais da mesma forma que, fora do movimento, Machado de Assis e Raul Pompéia fizeram objetividade exógena e endógena, devolvendo ao povo o que foi extraído do povo. Isto é realismo de documentário. Já o realismo fisiológico, ou experimental, pregado por Zola, seguido por Huysmans e Céard, ressuscitado por Paul Alexis e chegado à ortodoxia concisa de Desprez, esse Aluísio Azevedo só poderia fazer seguindo o cartaz do Romance Experimental de Zola, convencendo-se das leis do determinismo, abeberando-se em traduções de cordel de engraxate de resumos de Claude Bernard, Darwin e Henrique. E escrever um enredo sobre a libido, conforme realizou em O Homem era um dever de discípulo. Era preciso transplantar para o Brasil uma herdeira de Adelaide Fouque, o cepo feminino dos Rougon Macquart. E Magdá é isso. E o sétimo livro de Aluísio Azevedo, O Homem, é como produto de laboratório experimental o processo-verbal dessa decomposição. Assim, em seu cientificismo empírico, é obra ortodoxa. Essa a valia histórica de tal livro dentro da obra do seu autor e dentro da casuística bibliográfica do movimento.

José Geraldo Vieira

I

Madalena, ou simplesmente Magdá, como em família tratavam a filha do Sr. Conselheiro Pinto Marques, estava, havia duas horas, estendida num divã do salão de seu pai, toda vestida de preto, sozinha, muito aborrecida, a cismar em coisa nenhuma; a cabeça apoiada em um dos braços, cujo cotovelo fincava numa almofada de cetim branco bordado a ouro; e a seus pés, esquecido sobre um tapete de peles de urso da Sibéria, um livro que ela tentara ler e sem dúvida lhe tinha escapado das mãos insensìvelmente.

No entanto, não havia ainda um mês que chegara da Europa, depois de um longo passeio que o pai fizera com sacrifício, para ver se lhe obtinha melhoras de saúde.

Melhoras? Que esperança! — Magdá voltou no estado em que partiu, se é que não voltou mais nervosa e impertinente. O Conselheiro, coitado, desfazia-se em esforços por tirá-la daquela prostração, mas era tudo inútil: de dia para dia, a pobre moça tornava-se mais melancólica, mais insociável, mais amiga de estar só. Era preciso fazer milagres para distraí-la um segundo; era preciso de cada vez inventar um novo engodo para obter que ela comesse alguma coisa. Estava já muito magra, muito pálida, com grandes olheiras cor de saudade; nem parecia a mesma. Mas, ainda assim, era bonita.

Morava com o pai e mais uma tia velha chamada Camila numa boa casa na praia de Botafogo. Prédio

18 OBRAS COMPLETAS DE ALUÍSIO AZEVEDO

talvez um pouco antigo, porém limpo; desde o portão da chácara pressentia-se logo que ali habitava gente fina e de gosto bem-educado: atravessando-se o jardim por entre a simetria dos canteiros e limosas estátuas cobertas de verdura, e enormes vasos de tinhorões e begônias do Amazonas, e bolhas de vidro de várias cores com pedestal de ferro fosco, e lampiões de tres globos que surgiam de pequeninos grupos de palmeiras sem tronco, e bancos de madeira rústica, e tamboretes de faiança azul-nanquim, alcançava-se uma vistosa escadaria de granito, cujo patamar guarneciam duas grandes águias de bronze polido, com as asas em meio descanso, espalmando as nodosas garras sobre colunatas de pedra branca. Na sala de entrada, por entre muitos objetos de arte, notava-se, mesmo de passagem, meia dúzia de telas originais; umas em cavaletes, outras suspensas contra a parede por grossos cordéis de seda frouxa; e, afastando o soberbo reposteiro de *reps* verde que havia na porta do fundo, penetrava-se imediatamente no principal salão da casa.

O salão era magnífico. Paredes forradas por austera tapeçaria de linho inglês cor de cobre e guarnecida por legítimos caquemonos, em que se destacavam grupos de chins em lutas fantásticas com dragões bordados a ouro; as figuras saltavam em relevo do fundo dos painéis e mostravam as suas caras túrgidas e bochechudas, com olhos de vidro, cabeleiras de cabelo natural e roupas de seda e pelúcia. Cobria o chão da sala um vasto tapete Pompadour, aveludado, cujo matiz, entre vermelho e roxo, afirmava admiravelmente com os tons quentes das paredes. Do meio do teto, onde se notava grande sobriedade de tintas e guarnições de estuque, descia um precioso lustre de porcelana de Saxe, sobrecarregado de anjinhos e flores coloridas de pássaros e borboletas, tudo disposto com muita arte

O HOMEM 19

numa complicadíssima combinação de grupos. Por
baixo do lustre, uma otomana cor de pérola, em forma
de círculo, tendo no centro uma jardineira de louça esmaltada onde se viam plantas naturais. A mobília era
tôda variada; não havia dois trastes semelhantes; tanto
se encontravam móveis do último gosto, como peças
antigas, de clássicos estilos consagrados pelo tempo.
Da parede contrária à entrada dominava tudo isto um
imenso espelho sem moldura, por debaixo do qual havia
um consolo de ébano, com tampo de mármore e mosaicos de Florença, suportando um pêndulo e dois candelabros bizantinos; ao lado do consolo uma poltrona
de laca dourada com assento de palhinha da Índia e
uma cadeira de espaldar, forrada de gorgorão branco
listrado de veludo; logo adiante um divã com estofos
trabalhados na Turquia.

Era neste divã que a filha do Sr. Conselheiro
achava-se estendida havia duas horas, deixando-se roer
pelos seus tédios, aos bocadinhos, com os olhos para-
lisados num ponto, que ela não via.

Foi interrompida pelo pai.

— Ah!

— Como passaste a noite, minha flor?

Magdá fez um gesto de desânimo, soerguendo-se na
almofada de cetim, e tossiu. O Conselheiro assentou-se
ao lado dela e tomou-lhe as mãos com fidalga meiguice.

— Preguiçosa!...

Um belo homem! Alto, bem apessoado, fibra seca,
barba à Francisco I, toda branca, olhos ainda vivos e
uma calva incompleta que lhe ia até ao meio da cabeça,
dando-lhe ao rosto uma fina expressão inteligente e
aristocrata.

Fôra da marinha, mas aos trinta e cinco anos pe-
dira a sua demissão, instalara-se no Rio de Janeiro, e
casara, entregando-se desde essa época à política con-

servadora. Enviuvou pouco depois do nascimento de Magdá, único fruto do seu matrimônio; chamou então para junto de si a irmã, D. Camila, que vivia nesse tempo agregada à casa de outros parentes mais remotos; a filha foi entregue a uma ama até chegar à idade de entrar como pensionista num colégio de irmãs de caridade.

Era a essa infeliz criança, tão cedo privada do amor de mãe, que o Conselheiro dedicava a melhor parte dos seus afetos, e era também das suas mãos pequeninas que recebia coragem para afrontar os desconsolos da viuvez e as neves, que ia encontrando do meio para o resto do caminho da vida. E era ainda essa criança, já mulher, que o desgraçado via agora escapar-lhe dos braços e fugir-lhe para a morte, arrastando atrás de si um triste sudário de mágoas brancas, mágoas de donzela, mágoas flutuantes, que pareciam feitas de espuma, e contra as quais no entanto se despedaçavam todo o seu valor de homem e todas as forças do seu coração de pai.

Coitadinha! Havia dois anos que se achava nesse estado. Pode-se todavia afirmar que começara a sofrer desde a fatal ocasião em que a convenceram da impossibilidade do seu casamento com Fernando.

Que romance!

Fernando fôra o seu companheiro de infância, o seu amigo: cresceram juntos. Quando ela nasceu, encontrou-o já em casa do pai com cinco anos de idade, e desde muito cedo habituaram-se ambos à idéia de que nunca pertenceriam senão um ao outro.

Segundo o que sabia toda a gente, este Fernando era um afilhado, que o Sr. Conselheiro adotara por compaixão e a quem mandara instruir; o certo é que o estimava muito e não menos verdade era que o rapaz merecia essa estima; dera sempre boas contas de si, e desde o colégio já se adivinhava nele um homem útil e honrado. Um belo dia, porém, quando andava no penúltimo ano de medicina, o padrinho chamou-o ao seu gabinete e disse-lhe que, de algum tempo àquela parte, observava-lhe com referência a Magdá uma certa ternura que lhe não parecia inspirada só pela amizade.

Fernando sorriu e fez-se um pouco vermelho.

— Com efeito, confessou, havia já bastante tempo que sentia pela filha do seu padrinho muito mais do que simples amizade. E toda a sua ambição, todo o seu desejo, era vir a desposá-la logo que se formasse; tanto assim, que tencionava, mal concluísse os estudos, pedi-la em casamento.

— Isso é impossível!

— Impossível? interrogou o rapaz erguendo os olhos para o Conselheiro. — Impossível, como?

O velho fez um gesto de resignação e acrescentou em voz sumida:

— Magdá é tua irmã...

— Minha irmã...?

Houve um constrangimento entre os dois. No fim de alguns segundos, o Conselheiro declarou que não tencionava fazer tão cedo semelhante revelação, e que nem a faria se a isso o não obrigassem as circunstâncias.

Fernando continuava abismado. Sua irmã! Visto isto — toda essa história, que ele conhecia desde pequeno; essa história, em que figurava como filho de um pobre marinheiro viúvo, falecido a bordo, era...

— Uma fábula, concluiu o pai de Magdá, sempre de olhos baixos. — Inventei-a para esconder a minha culpa.

O moço teve um ar de censura.

— Bem sei que fiz mal, prosseguiu o velho, hesitando em levantar a cabeça. — Mas não podia declarar-me teu pai sem prejuízo de tua parte e sem enxovalhar a memória daquela que te deu o ser. Era casada com outro e tu nasceste ainda em vida de minha mulher. O marido de tua mãe estava ausente quando vieste ao mundo; ignorou sempre a tua existência, e enviuvou quando tinhas apenas dois anos de idade. Eu então carreguei contigo para casa, inventei o que até aqui supunhas verdade e nunca mais te abandonei.

Fernando deixou-se cair numa cadeira. O pai continuou, aproximando-se mais, e falando-lhe em surdina:

— Minha intenção era esconder este segredo até no dia em que depois de minha morte, viesses a saber que estavas perfilhado por mim e contemplado nas minhas disposições testamentárias; mas — o homem põe e Deus dispõe — para meu castigo, quis a fatalidade que te agradasses de tua irmã e, como bem vês, só me restava agora confessar francamente a situação. Ficas, por conseguinte, prevenido de que, de hoje em diante, deves empregar todos os meios para afastar do espírito de Magdá qualquer esperança de casamento, que ela porventura mantenha a teu respeito...

Fernando declarou que preferia desaparecer dali. Partiria no primeiro vapor que encontrasse.

Não! isso seria loucura! Ele estava bem encaminhado e pouco lhe faltava para terminar a carreira. Que se formasse e partiria depois.

— Olha, concluiu o velho, passado um instante — caso prefiras estudar ainda um pouco na Europa, vê o lugar que te serve e conta comigo. Não sou rico, mas também não és extravagante; epenas o que te peço é que, de modo algum, reveles a tua irmã o que acabas de saber. Será talvez uma sugestão de temperamento, mas creio que morreria se o fizesses.

Quando o Conselheiro terminou, Fernando chorava.

O HOMEM

— E o marido de minha mãe? perguntou.

— Há dez anos que morreu; não deixou parentes.

E o pai de Magdá, vendo que o filho parecia sucumbido, passou-lhe o braço nas costas: — Então! vamos, nada de fraquezas! um abraço! E que esta conversa fique aqui entre nós dois.

O rapaz prometeu e jurou que ninguém, e muito menos Magdá, ouviria de sua boca uma só palavra sobre aquele assunto. O velho agradeceu o protesto com um aperto de mão; e ficaram ainda alguns momentos estreitados um contra o outro, até que o Conselheiro se retirou, a limpar os olhos, e o rapaz caiu de novo na cadeira, dobrando os cotovelos sobre a mesa e escondendo no lenço os seus soluços, que agora lhe rebentavam desesperadamente.

Foi Magdá quem veio despertá-lo dali a meia hora, depois de o haver procurado embalde por toda a casa.

— Ora, muito obrigada... ia a dizer, mas deteve-se, intimidada pela expressão que lhe notara na fisionomia. — Que era aquilo?... Ele estava chorando?...

— Ó senhores! Hoje nesta casa estão todos amuados! Ao outro, encontro chorando que nem um bebê; este diz-me que não está bom e que eu me entretenha com a tia Camila! Ora já se viu!

O pai afagou-lhe a cabeça. — Esta tolinha!...

— Mas, papai, que tem o Fernando?

— Não sei, minha filha.

— Diz que um amigo dele está muito mal...

— Pois aí tens...

— E você, papai, por que está triste?

— Não estou triste, apenas preocupado. Não é nada contigo. Política, sabes? Mas vai, vai lá para dentro, que tenho que fazer agora.

— Política!...

Magdá afastou-se, meio enfiada, mas daí a pouco se lhe ouviram os gorjeios do riso nos aposentos da tia Camila.

Já lá estava o demoninho a bolir com a pobre da velha!

II

A tristeza do Fernando, em vez de diminuir com o tempo, foi crescendo de dia para dia. A irmã bem o notou, mas já sem vontade de rir, nem de dar parte ao Conselheiro; estava então justamente no delicado período em que os últimos encontros da menina desabotoam nas primeiras seduções da mulher; transição que começa no vestido comprido e termina com o véu da noiva. Quinze anos!

E que bem empregados! Muito bem feita de corpo, elegante, olhos negros banhados de azul, cabelos castanhos formosíssimos; pele fina e melindrosa como pétalas de camélia, nariz sereno feito de uma só linha, mãos e pés de uma distinção fascinadora; tudo isto realçando nos seus vestidos simples de moça solteira bem educada, na sua gesticulação fácil, na sua maneira original de mexer com a cabeça quando falava, rindo e mostrando as jóias da boca.

Aquela insistente frieza do irmão foi a sua primeira mágoa. Em começo não se preocupava muito com isso; quando viu, porém, que os dias se passavam e Fernando continuava mais e mais seco e retraído, chegando até a evitá-la, ficou deveras apreensiva. — "Teria o rapaz mudado de resolução a respeito de casamento? — Estaria enamorado de outra?" Estas duas hipóteses não lhe saíam do espírito.

Agora muito poucas vezes achava ocasião de estar a sós com ele e, quando tal sucedia, Fernando, com ta-

O HOMEM 25

manho empenho procurava escapar-lhe, que de uma feita a pobre menina foi queixar-se ao pai.

— É que naturalmente, respondeu o velho, o rapaz não tenciona casar contigo e procura desiludir-te a esse respeito.

Magdá ficou muito séria quando ouviu estas palavras.

— Ouve, minha filha, tu o que deves fazer é olhar para ele como se fosse teu irmão; vocês cresceram juntos e não se podem amar de outro modo... E queres então que te diga? Êstes casamentos, forjados assim, entre companheiros de infância, nunca provaram bem. Santo de casa não faz milagre! Eu, em teu caso, ia tratando de atirar as vistas para outro lado...

— O Fernando então é um homem sem caráter!

— Sem caráter por que, minha filha?

— Ora, por quê! Porque muitas e muitas vezes jurou que não casaria senão comigo!...

— Coisas de criança! Hoje naturalmente pensa de outro modo. Talvez até já tenha noiva escolhida...

— Não, não creio... Se assim fosse, ele seria o primeiro a contar-me tudo com franqueza! A causa é outra, hei de descobri-la, custe o que custar!

Contudo não se animou a inquirir o noivo.

Mas, considerava a moça, como acreditar que Fernando descobrisse um novo namoro, se agora, mais que nunca, andava metido com os estudos e não se despregava dos livros?... Onde, pois, teria ido arranjar essa paixão, se agora não ia à casa de ninguém?... Além disso, as suas tristezas não pareciam de um namorado; mostravam caráter muito mais feio e sombrio. O fato de pretender casar com outra não seria, de resto, razão para que a tratasse daquele modo! Era como se a temesse, se receasse a sua presença... Dantes segurava-lhe as mãos com toda a naturalidade; afagava-lhe os

26 OBRAS COMPLETAS DE ALUÍSIO AZEVEDO

cabelos; endireitava-lhe o chapéu na cabeça quando iam sair juntos; acolchetava-lhe a luva; trazia-lhe livros novos; gostava de brincar com ela, dizer-lhe tolices por pirraça, para fazê-la encavacar; pregava-lhe sustos, tapava-lhe os olhos quando a pilhava de surpresa pelas costas; pedia-lhe perfumes quando ele não tinha extrato para o lenço. E agora? Agora bastava que ela se aproximasse do Fernando, para este já estar todo que parecia sobre brasas e, ao primeiro pretexto, fugir e encerrar-se no quarto, fechado por dentro, às vezes até às escuras. Ora, estava entrando pelos olhos que tudo isto não podia ser natural... Magdá, pelo menos, nunca tinha visto um namorado de semelhante espécie!

— Em todo o caso, resolveu de si para si, ele deu-me a sua palavra de honra que me pediria a papai logo que se formasse; por conseguinte não posso ainda queixar-me. Vamos ver primeiro como se sairá do compromisso.

E deliberou esperar até o fim do ano.

Entretanto, o Conselheiro, querendo a todo o custo arredar do espírito da filha a idéia de casar com o irmão, pensava em atrair gente à casa, para ver se despertava nela o desejo de escolher outro noivo. A dificuldade estava em arranjar as festas; sim, porque para receber os convidados, só podia contar, além de Magdá, com a irmã, D. Camila. Mas D. Camila era uma solteirona velha, muito devota, muito esquisita de gênio e sem jeito nenhum para fazer sala. — Uma verdadeira "barata de sacristia" como lhe chamava nas bochechas o despachado do Dr. Lobão, médico da casa e amigo particular do Conselheiro.

— Ora, se Magdá tivesse um pouco mais de idade, considerava este, estaria tudo arranjado. Como, porém, encarregar uma menina de dezesseis anos de fazer as honras de um baile?

O HOMEM

Salvou a situação, pedindo a um seu amigo velho, o Militão de Brito, homem pobre, casado e pai de três filhas solteiras já de certa idade, que fosse e mais a família passar algum tempo com ele. A casa era grande e não haviam de ficar de todo mal acomodados.

Para justificar o pedido, observou que a filha estava na flor da juventude, precisava distrair-se, e que lhe doía a ele, como pai, trazê-la enclausurada na idade em que todas as moças gostam de brincar. O Militão, que também era pai, compreendeu a intenção da proposta, aceitou-a de braços abertos e teve a franqueza de confessar que aquele convite vinha do céu, porque ele igualmente via as suas raparigas, coitadinhas, muito pouco divertidas.

Mudou-se a família do Militão para a casa do Conselheiro, e Magdá, adivinhando os planos do pai, sorriu intimamente. Inauguraram-se os bailes, e os pretendentes não se fizeram esperar. Pudera! uma menina que não é pobre, com certa educação, algum espírito, e linda como a filha do Sr. Conselheiro Pinto Marques, encontra sempre quem a deseje.

O primeiro a apresentar-se foi um tal Martinho de Azevedo, rapaz de vinte e poucos anos, filho de um cônsul em não sei que parte da Europa; ares de fidalgo; bigode louro e olhos de mulher; não tinha nada de feio; ao contrário, chegava a ser impertinente com a sua inalterável boniteza risonha; e vestia-se como ninguém, graças a alguns anos que passara em Paris estudando um curso que não chegara a concluir.

Magdá esteve quase a desenganá-lo, antes mesmo que o sujeito se lhe declarasse; resolveu, porém, deixar isso ao cuidado do pai, que não embirrava menos com ele.

Com quem o Conselheiro não embirrou, e mostrou até simpatizar, foi com certo ministro argentino, levado

OBRAS COMPLETAS DE ALUÍSIO AZEVEDO

à sua casa por um colega que já lá se dava; mas este segundo pretendente não foi mais feliz que o primeiro, nem que os outros apresentados depois.

Todavia as festas continuavam, e por fim a casa do Conselheiro Pinto Marques era tida e havida entre a melhor gente como das mais distintas e bem freqüentadas do Rio de Janeiro; e Magdá classificada ao lado das estrelas mais rutilantes do empíreo de Botafogo.

Assim se passou o resto do ano.

Ah! com que ansiedade contou a pobre menina os dias que precederam a formatura do irmão! Como aquele coraçãozinho palpitou de susto e de esperança ao lembrar-se de que em breve o seu Fernando, o único que ela pedia para esposo, o único que aos olhos dela parecia bom, delicado, inteligente e sincero, tinha com uma só palavra de apagar todas as dúvidas que a torturavam, ou destruir-lhe por uma vez todos os sonhos de ventura.

Sim, porque a filha do Conselheiro, agora nos seus dezessete anos, estava bem certa de que amava Fernando; mais se convencera dessa verdade nesses últimos tempos em que ele se mostrara indiferente e esquivo. Só agora podia avaliar o bem que lhe faziam aquelas tranqüilas palavras que tantas vezes desfrutara com ele, ora nos bancos da chácara, ora assentados junto à janela, perto um do outro, em volta da pequena mesa de *vieux-chêne* que havia numa saleta ao lado do gabinete do Conselheiro, e onde ela costumava ler e estudar no bom tempo em que Fernando se comprazia em dar-lhe lições de preparatórios.

As lições!... Quanto desvelo de parte a parte! Com que gosto ele ensinava e com que gosto ela aprendia!

Magdá, logo ao deixar o colégio das irmãs de caridade, entrou a estudar com o irmão, e foi nesse contato

espiritual de três horas diárias que os dois mais se
fizeram um do outro, e mais se amaram, e mais se respeitaram. Todavia, nesse tempo ela ainda não lhe tinha observado as feições, nem notado a inteireza de caráter nem a delicadeza do gênio; habituara-se a estimá-lo, e aceitava-o quase que pela fatalidade da convivência ou pela natureza afetiva do seu próprio temperamento: mas depois, quando teve ocasião de contemplá-lo a certa distância; quando teve ocasião de compará-lo com outros, amou-o por eleição, por entender que ele era o melhor de todos os homens, o mais digno de preferência.

Agora, depois daqueles frios meses de retraimento, Fernando parecia-lhe ainda mais belo e mais desejável: aquela transformação inesperada foi como uma dolorosa ausência em que as boas qualidades do rapaz ganharam novo prestígio no espírito da irmã, assumindo proporções excepcionais. Magdá esperava pelo dia da formatura, como se aguardasse a chegada do seu noivo: tinha lá para si que o seu amado reapareceria então como dantes, meigo, comunicativo e amigo de estar ao lado dela. Agora idolatrava-o; todo o grande empenho do Conselheiro em substituí-lo por outro apenas conseguia encarecê-lo ainda mais, fazendo-o mais desejável, mais insubstituível. Ela já não podia compreender como é que por aí se amavam outros que não eram Fernando; outros que não tinham aquela mesma barba, aqueles mesmos olhos tão inteligentes e tão doces, aquela mesma estatura bem conformada, forte sem ser grosseira, aquela boca tão limpa, tão bem tratada, que logo se via não poder servir de caminho à mentira ou a uma palavra feia. E muita coisa, que até então não lhe notara, agora a impressionava; a voz, por exemplo, o metal da sua voz, em que havia uma certa harmonia corajosa; aquela voz velada, discreta, mas muito inteligível; uma voz que não chamava a atenção de ninguém.

30 OBRAS COMPLETAS DE ALUÍSIO AZEVEDO

mas que prendia a de todo aquele que por qualquer circunstância a escutava. — E a cor do seu rosto? aquele moreno suave, de pele muito fina, em que ia tão bem o cabelo preto? — E aquele modo inteligente de sorrir, quando ele descobria um ridículo noutrem? aquele ar condescendente com que Fernando ouvia as frioleiras do Martinho de Azevedo ou as bazófias do ministro argentino? aquele sorriso inteiriço, de alma virgem, onde não havia o menor vislumbre de inveja a ninguém, nem contentamento próprio por vaidade; aquele sorriso, que ela supunha ser a única a compreender.

A própria indiferença de Fernando agora a seduzia e namorava; achava-o por isso mesmo fora do vulgar dos outros homens, um pouco misterioso, como que guardando no fundo do coração alguma coisa superior, muito excelente, que ele não queria expor às vistas dos profanos e só pertenceria àquela que escolhesse para inseparável companheira de sua vida.

Ah! Magdá contava que aquele segredo ainda seria também o seu; sua alma estava aberta de par em par e não se fecharia enquanto não houvesse recolhido todo o conteúdo daquele coração misterioso; só se fecharia para melhor guardar em depósito as gemas preciosíssimas que dentro de sua alma despejasse a alma do seu amado. — Oh, quanto não seria bom ser a esposa daquele homem, ser a sua criatura, ser a testemunha de todos os instantes! E ainda lhe passara pela mente a hipótese de uma traição por parte dele!... Mas onde tinha então a cabeça?... Pois Fernando lá seria capaz algum dia de dizer uma coisa e fazer outra?... Pois ela não via logo o modo pelo qual nos bailes de seu pai todas as moças solteiras procuravam requestá-lo, sem nada conseguir, nem mesmo alterar-lhe aquela fria abstração de homem superior?... Oh, sim, sim! a única que ele queria, a única que ele amava, era ela ainda e

O HOMEM 31

sempre! Tudo lho dizia: tudo lho confirmava! nem
podia ser que tamanho sentimento continuasse a crescer e aprofundar-se no seu coração de donzela, se, do
fundo da aparente indiferença de Fernando, não viesse
um raio de calor manter-lhe a vida!

Amparando-se nestes raciocínios, Magdá viu chegar a véspera da formatura, quase tranqüila de todo.
Nesse dia recolheu-se mais cedo que de costume; ajoelhou-se defronte de um crucifixo de marfim, herdado
de sua mãe, e do qual nunca se separara, e rezou, rezou
muito, pedindo ao pai do céu, pelas chagas do seu divino corpo, que a protegesse e fizesse feliz. Falou-lhe
em voz baixa e amiga, segredando-lhe ternuras e confidências, como se se dirigisse a um velho camarada da
infância, bonacheirão, que a tivesse trazido ao colo em
pequenina e que ainda se babasse de amores por ela. E
contou-lhe o quanto adorava o seu Fernando e quanto
precisava de casar com ele. — Deus não havia de ser
tão mau que, só para contrariá-la, estorvasse aquela
união!...

No dia seguinte Fernando estava formado e a casa
do Conselheiro toda em preparos de festa; Magdá, que
havia muito não se animava a dirigir-lhe a palavra, foi
ter com ele e, depois de lhe dar os parabéns, interro-
gou-o com um olhar cheio de ansiedade. O moço fez
que não entendeu, mas ficou perturbado.

— Então? disse Magdá.

— Então o que, minha amiguinha?

— Pois não estás formado afinal?

— E daí?

— Daí é que havíamos combinado que me pedirias
hoje em casamento...

Fernando perturbou-se mais.

— Ainda pensavas nisso?... gaguejou por fim,
sem ânimo de encará-la. E acrescentou depois, perce-

32 OBRAS COMPLETAS DE ALUÍSIO AZEVEDO

bendo que ela não se mexia: — Parto daqui a dias para a Europa e não sei quando voltarei...

Magdá sentiu um calafrio percorrer-lhe o corpo, um punho de ferro tomar-lhe a boca do estômago e subir-lhe até à garganta, sufocando-a.

— Bem!

E não pôde dizer mais nada, virou-lhe as costas e afastou-se de carreira, como se levasse consigo uma bomba acesa e não quisesse vê-la rebentar ali mesmo.

— Ouve, Magdá! Espera.

Ela havia alcançado já o quarto; atirou-se à cama. E a bomba estourou, sacudindo-a toda, convulsivamente, numa descarga de soluços que se tornavam progressivamente mais rápidos e mais fortes, à semelhança do ansioso arfar de uma locomotiva ao partir.

III

Terminada a crise dos soluços, Magdá sentiu uma estranha energia apoderar-se dela; uma necessidade de reação: andar, correr, fazer muito exercício; mas ao mesmo tempo não se achava com ânimo de largar a cama. Era uma vontade que se lhe não comunicava aos membros do corpo. Ergueu-se, afinal, mandou chamar o pai, e este não se fez esperar. Ia pálido e acabrunhado; é que estivera conversando antes com o filho a respeito do ocorrido. A notícia do procedimento de Magdá fulminara-o; supunha-a já de todo esquecida dos seus projetos de casamento com o irmão e agora se arrependia de não haver dado as providências para que este se apartasse dela; sentia-se muito culpado em ter sido o próprio a detê-lo em casa, e doía-lhe a consciência fazer sofrer daquele modo a pobre menina. No entanto, quando o rapaz lhe pediu licença para confessar a verdade à

O HOMEM 33

irmã, negou-a a pé firme, aterrado com a idéia de ter
de corar diante da filha. — Não! Tudo, menos isso!

Fernando protestou as suas razões contra tal egoísmo: não era justo que se expatriasse amaldiçoado por
uma pessoa a quem tanto estremecia, sem ter cometido
o menor delito para merecer tamanho castigo. Ah! se
o pai tivesse visto com que profunda indignação, com
que ódio, com que nojo, ela o havia encarado!...

— Não! nunca! Que poderia esperar de uma filha, que recebesse do próprio pai semelhante exemplo
de imoralidade?...

Foi nessa ocasião que o criado o interrompeu com
o chamado de Magdá. O Conselheiro, quando chegou
junto dela, sentiu-se ainda mais comovido: "Não seria
tudo aquilo um crime maior do que os seus passados
amores com a mãe de Fernando?... Sim; estes ao
menos não se baseavam em preconceitos e vaidades, ba-
seavam-se nos instintos e na ternura". E o mísero,
atordoado com estas idéias, tomou as mãos da filha,
falou-lhe com humildade, perguntou-lhe com muito carinho o que ela sentia.

— Quase nada! Um simples abalo... Já não
tinha coisa alguma...

E tremia toda.

— Queres que mande buscar o Dr. Lobão? Estou
te achando o corpo esquentado.

— Não, não vale a pena; isto não é nada. Eu
chamei-o, papai, para lhe pedir um obséquio...

— Um obséquio? Fala, minha filha.

— Pedir-lhe um obséquio e fazer-lhe uma de-
claração...

E, brincando com os botões da sobrecasaca do Conselheiro: — Sabe? Estou resolvida a casar com o Martinho de Azevedo; desejava que meu pai lhe mandasse
comunicar imediatamente esta minha deliberação...

34   OBRAS COMPLETAS DE ALUÍSIO AZEVEDO

— Temos tolice!...

— E queria que o casamento se realizasse antes
da partida do Fernando...

— Estás louca?

— Se estiver, tanto pior para mim. Afianço-lhe
que hei de fazer o que estou dizendo!

— Não sejas vingativa, minha filha; Fernando
contou-me o que se passou entre vocês dois, disse-me
tudo, e eu juro pela memória de tua mãe que o procedimento dele não podia ser outro... Foi correto, fez
o seu dever!

— O seu dever? Tem graça!

— Mais tarde verás que digo a verdade; o que
desde já posso afirmar é que o pobre rapaz não tem
absolutamente a menor culpa em tudo isto. Não o deves ver com maus olhos, nem lhe deves retirar a tua
confiança e a tua estima.

— Mas fale uma vez! não vê que as suas meias
palavras me põem doida?...

— Não posso; é bastante que acredites em mim;
eu juro-te que Fernando, negando-se a casar contigo,
cumpre com o seu dever. Vou chamá-lo e quero que...

— Não, não! atalhou a filha, segurando-lhe os
braços. — Ele que não me apareça! que não me fale!
Detesto-o!

— Não acreditas em teu pai!...

— Não sei; acredito é que entre o senhor e ele há
uma conspiração contra mim! Querem engodar-me
com mistérios que não existem, como se eu fosse alguma
criança! Ah! mas eu mostrarei que não sou o que
pensam!

— Então, minha filha, então!

— Creio que já disse bem claro qual é a minha resolução a respeito de casamento, e agora só me convém
saber se meu pai está ou não disposto a tratar disso!

O HOMEM 35

— Não digo que não, mas para que fazer as coisas tão precipitadamente?...

E o velho sentia o suor gelar-lhe o corpo.

— Custe o que custar, eu me casarei antes da partida daquele miserável! Se meu pai não fizer o que eu disse, o escândalo será maior! Ao menos falo com esta franqueza — não tenho "mistérios"!

Ela havia-se desprendido das mãos do Conselheiro e passeava agora pelo quarto, muito agitada, com as faces em fogo, os lábios secos e os olhos ainda úmidos das últimas lágrimas. E em todos os seus movimentos nervosos, em todos os seus gestos, sentia-se uma resolução enérgica, altiva e orgulhosa.

— Não há outro remédio! pensou o velho, limpando a fronte orvalhada e fria de neve, não há outro remédio!

E aproximando-se da filha, para lhe dizer quase em segredo, com a voz estrangulada pela vergonha:

— Fernando não se casa contigo, porque é teu irmão...

Magdá retraiu-se toda, como se lhe tivesse passado por diante dos olhos uma faísca elétrica, e fitou-os sobre o pai, que abaixou a cabeça num angustioso resfolegar de delinqüente.

— Ora aí tens... balbuciou ele, depois de uma pausa, durante a qual só se ouviam os soluços de Magdá que se lhe havia atirado nos braços. — Já vês que aqui o único culpado sou eu; nunca devia ter consentido que vocês se criassem juntos, sem lhes ter exposto a verdade. Tua mãe ignorou sempre que Fernando fôsse meu filho...

— Vá ter com ele... pediu Magdá chorando. — Que me perdoe! que me perdoe! Diga-lhe que eu não sabia de nada, e que sou muito desgraçada!

36 OBRAS COMPLETAS DE ALUÍSIO AZEVEDO

Quando o Conselheiro saiu do quarto, ela tornou à cama, e daí a pouco delirava com febre.

Transferiu-se a festa; mandou-se chamar logo o Dr. Lobão, que receitou; e, só à tarde do dia seguinte, a enferma deu acordo de si, depois de um sono profundo que durou muitas horas.

Despertou tranqüila, um pouco abstrata. — Tinha sonhado tanto!...

Levou um bom espaço a cismar, por fim soltou um fundo suspiro resignado e pediu que conduzissem o irmão à sua presença. Ele foi logo, acompanhado pelo Conselheiro, e assentou-se, sem dizer palavra, numa cadeira ao lado da cabeceira da cama. Magdá tomou-lhe as mãos em silêncio, beijou-lhas repetidas vezes, e em seguida levou uma delas ao rosto e ficou assim por algum tempo, a descansar a cabeça contra a palma da mão de Fernando. Como por encanto, a sua meiguice havia-se transformado da noite para o dia: já não eram de noiva os seus carinhos, mas perfeitamente de irmã. Não por isso menos expansivos, antes parecia agora muito mais em liberdade com ele; pelo menos nunca lhe havia tomado as mãos daquele modo. Ainda fez mais depois: pousou a face contra o seu colo e cingiu-lhe o braço em volta da cintura.

— E eu que cheguei a supor que eras um homem mau!... balbuciou, com uma voz tão arrependida, tão humilde e tão meiga, que o rapaz a apertou contra o seio e deu-lhe um beijo no alto da cabeça.

Magdá estremeceu toda, teve um novo suspiro, e deixou-se cair sobre os travesseiros, com os olhos fechados e a boca entreaberta. Chorava.

— Então, agora estão feitas as pazes?... perguntou o Conselheiro, alisando com os dedos o cabelo da filha.

O HOMEM 37

Esta ergueu as pálpebras vagarosamente e deu em resposta um sorriso sofredor e triste.

— E ainda pensas no Martinho de Azevedo?... interrogou o velho, afetando bom humor.

Ela voltou o seu sorriso para Fernando, como lhe pedindo perdão daquela vingança tão tola e tão imerecida.

Todo o resto desse dia se passou assim, sem uma nuvem que o toldasse; a paz era completa, pelo menos na aparência. Magdá não se queixava de coisa alguma. O Dr. Lobão, quando lá foi à noite, encontrou-a de pé, muito esperta, conversando com a gente do Brito. O médico desta vez olhou para a rapariga com mais atenção e fez-lhe um cúmulo de perguntas à queima-roupa: — Se era muito impressonável; se era sujeita a enxaquecas e dores de cabeça; o que costumava comer ao almoço e ao jantar; se tinha bom apetite; se usava o espartilho muito apertado; desde que idade freqüentava os bailes; se as suas funções intestinais eram bem reguladas; e, como estas, outras e outras perguntas, a que Magdá respondia por comprazer, afinal já importunada.

Ela embirrava sempre com o Dr. Lobão; tinha-lhe velha antipatia: achava-o sistematicamente grosseiro, rude, abusando da sua grande nomeada de primeiro cirurgião do Brasil, maltratando os seus doentes, cobrando-lhe um despropósito pelas visitas, a ponto de fazer supor que metia na conta as descomposturas que lhes passava.

— A senhora tem tido muitos namorados? interrompeu ele, depois de a estudar, medindo-a de alto a baixo, por cima dos óculos.

Magdá sentiu venetas de virar-lhe as costas e retirar-se.

— Não ouviu? Pergunto se tem tido muitos namorados!

— Não sei!

E ela afastou-se, enquanto o cirurgião resmungava:

— Que diabo! Para que então me fazem vir cá?...

Ia já a sair, quando o Conselheiro foi ter com ele:

— Então?

— Não é coisa de cuidado; um abalo nervoso. Que idade tem ela?

— Dezessete anos.

— É...! mas não convém que esta menina deixe o casamento para muito tarde. Noto-lhe uma perigosa exaltação nervosa que, uma vez agravada, pode interessar-lhe os órgãos encefálicos e degenerar em histeria...

— Mas, doutor, ela parece tão bem conformada, tão...

— Por isso mesmo. Ah! Eu leio um pouco pela cartilha antiga. Quanto melhor for a sua compleição muscular, tanto mais deve ser atendida, sob pena de sentir-se irritada e começar a esbravejar par'aí, que nem o diabo lhe dará jeito! E adeus. Passe bem!

Mas voltou para perguntar: — E a barata velha, como vai?

— Minha irmã?... no mesmo, coitada! Enfermidades crônicas...

— Ela que vá continuando com as colheradas de azeite todas as manhãs e que não abandone os clisteres. Hei de vê-la noutra ocasião; hoje não tenho mais tempo. Adeus, adeus!

E saiu com os seus movimentos de carniceiro, resmungando ao entrar no carro:

O HOMEM 39

— Não tratam da vida enquanto são moças e agora, depois de velhas, o médico que as ature! Súcia! não prestam pra nada! nem pra parir!

A festa de Fernando realizou-se na véspera da sua partida. Magdá nunca pareceu tão alegre nem bem disposta de saúde; pôs um vestido de cassa cor-de-rosa, todo enfeitado de margaridas, deixando ver em transferência a ebúrnea riqueza do colo e dos braços.

Estava fascinadora: toda ela era graça, beleza e espíritos; causou delírios de admiração. Nessa noite dançou muito, cantou e, durante o baile inteiro, mostrou-se para com Fernando de uma solicitude, em que se não percebia a menor sombra de ressentimento; dir-se-ia até que estimara haver descoberto que era sua irmã. Conversaram muito; ela contou-lhe, ora rindo, ora falando a sério, as declarações de amor que recebera, citou nomes, apontou indivíduos, pediu-lhe conselhos sôbre a hipótese de uma escolha e declarou, mais uma vez, que estava resolvida a casar.

No dia seguinte apresentaram-se alguns amigos para o bota-fora. Magdá foi a bordo, chorou, mas não fêz escarcéu; em casa compareceu ao jantar, comeu regularmente e até à ocasião de se recolher falou repetidas vezes do irmão, sem patentear nunca na sua tristeza desesperos de viúva, nem alucinações de mulher abandonada.

Só dois meses depois foi que notaram que estava um tanto mais magra e um tanto mais pálida; e assim também que o seu riso ia perdendo todos os dias certa frescura sanguínea, que dantes lhe alegrava o rosto, e tomando aos poucos uma fria expressão de inexplicável cansaço.

Alguns meses mais, e o que nela havia de menina desapareceu de todo, para só ficar a mulher. Fazia-se então muito grave, muito senhora, sem todavia parecer triste, nem contrariada; as amigas iam vê-la com freqüência e encontravam-na sempre em boa disposição para dar um passeio pela praia, ou para fazer música, dançar, cantar; tudo isto, porém, sem o menor entusiasmo, friamente, como quem cumpre um dever. Vieram-lhe depois intermitências de tédio; tinha dias de muito bom humor e outros em que ficava impertinente ao ponto de irritar-se com a menor contrariedade. Não obstante, continuava a ser admirada, querida e invejada, graças ao seu inalterável bom gosto, à sua linha altiva de procedimento e à sua aristocrática beleza. O pai votava-lhe já essa reverente consideração, que nos inspiram certas damas, cuja pureza de hábitos e extrema correção nos costumes se tornam legendárias entre os grupos com que convivem; tanto assim que, vendo-se o Militão forçado a retirar-se com a família para uma fazenda que ia administrar, o Conselheiro não os substituiu por ninguém, e a casa ficou entregue a Magdá.

Quanto à saúde — assim, assim... Às vezes passava muito bem semanas inteiras; outras vezes ficava aborrecida, triste, sem apetite; apareciam-lhe nevralgias, acompanhadas de grande sobreexcitação nervosa. Então, qualquer objeto ou qualquer fato repugnante indispunha-a de um modo singular; não podia ver sanguessugas, rãs, morcegos, aranhas; o movimento vermicular de certos répteis causava-lhe arrepios de febre; se à noite não estando acompanhada, encontrava um gato em qualquer parte da casa, tinha um choque elétrico, perfeitamente elétrico, e não podia mais dormir tão cedo.

Uma madrugada, em que a tia foi acometida de cólicas horrorosas e sobressaltou a família com os seus gritos, Magdá sofreu tamanho abalo que, durante dois dias, pareceu louca. Desde essa época principiou a

O HOMEM 41

sofrer de umas dores de cabeça, que lhe produziam no
alto do crânio, ora a impressão de uma pedra de gelo,
ora a de uma ferro em brasa.

Agora também o barulho lhe fazia mal aos nervos:
ouvindo música desafinada, sentia-se logo inquieta e
apreensiva; o mesmo fenômeno se dava com o aroma
ativo de certas flores e de certos extratos: o sândalo,
por exemplo, quebrantava-lhe o corpo; o perfume da
magnólia enfrenesiava-a; o almíscar produzia-lhe náuseas. Ainda outros cheiros a incomodavam: o fartum
que se exala da terra quando chove depois de uma
grande soalheira, o fedor do cavalo suado, o de certos
remédios preparados com ópio, mercúrio, clorofórmio;
tudo isto agora lhe fazia mal, porém de um modo tão
vago, que ela muita vez sentia-se indisposta e não ati-
nava por que.

Notava-se-lhe também certa alteração nos gostos
com respeito à comida: preferia agora os alimentos
fracos e muito adubados; tinha predileções esquisitas;
voltava-se toda para a cozinha francesa; gostava mais
de açúcar, mas queria o chá e o café bem amargos.

As cartas de Fernando não a alteraram absolutamente; a primeira, entanto, fôra recebida com exclama-
ções de contentamento. Ele dizia-se feliz e divertido,
apoquentamento apenas pelas saudades da família.
Magdá escrevia-lhe de irmã para irmão, afetando
muita tranqüilidade, procurando fazer pilhéria, citan-
do anedotas, dando-lhe notícias do Rio de Janeiro, falando em teatros e cantores.

E assinava sempre "Tua irmãzinha que te estre-
mece — *Madalena*".

IV

Decorreu um ano. O incidente romanesco do na-
môro entre os dois irmãos ia caindo no rol das pueri-

42 OBRAS COMPLETAS DE ALUÍSIO AZEVEDO

lidades da infância; Magdá se lembrava dele com um criterioso sorriso de indulgência.

— Criancices! criancices!

Agora, no seu todo de senhora refeita, com as suas intransigências de dona de casa, com as suas preocupações de economia doméstica, ela estava a pedir um marido prático, um homem de boa posição, que lhe trouxesse tanto ou mais prestígio que o pai; mesmo porque este, ultimamente, e só por causa dela, havia-se alargado um pouco de mais com aquelas festas e começava a sentir necessidade de apertar os cordéis da bolsa.

Não é brincadeira dar um baile por mês!

Foi essa a sua época mais fecunda em pretendentes; apareceram-lhe de todos os matizes, desde o pingue senador do império, até ao escaveirado amanuense de secretaria; concorreram negociantes, capitalistas e doutores de vária espécie. Ela, porém, como se estivesse brincando a "Cortina de amor" em jogo de prendas não entregou o lenço a nenhum. Não os repelia com denodo, antes tinha sempre para cada qual um sorriso muito amável; mas — repelia-os.

Todavia, de vez em quando, lhe vinham reações.

— Precisava acabar com aquilo por uma vez, decidir-se por alguém. E fazia íntimos protestos de resolução, e empregava todos os esforços para se agradar dêste ou daquele que lhe parecia preferível; mas na ocasião de dar o "Sim" hesitava, torcia o corpo, e afinal não se dispunha por ninguém.

Ah! Magdá sabia claramente que era preciso tomar uma resolução! bem parecia que o pai, coitado, já estava fazendo das fraquezas forças e morto por vê-la encaminhada; além disso, o Dr. Lobão, com aquela brutalidade que todos lhe perdoavam, como se ele fosse um privilégio, por mais de uma vez lhe dissera: "É

O HOMEM 43

preciso não passar dos vinte que depois quem tem de aguentar com as maçadas sou eu! compreende?"

Sim, ela compreendia, compreendia perfeitamente.

— Mas porventura teria culpa de estar solteira ainda? Que havia de fazer, se entre toda aquela gente, que o pai lhe metia pelos olhos, nem um só homem lhe inspirava bastante confiança? — Não era uma questão de amor, era uma questão de não fazer asneira! Lá ilusões a esse respeito, isso não tinha: sabia de antemão que não encontraria nenhum amante extremoso e apaixonado; não sonhava nenhum herói de romance.

— A época dessas tolices já lá se havia ido para sempre; sabia muito bem que o casamento naquelas condições, era uma questão de interesses de parte a parte, interesses positivos, nos quais o sentimento não tinha que intervir; sabia que no círculo hipócrita das suas relações todos os maridos eram mais ou menos ruins; que não havia um perfeitamente bom. — De acordo! mas queria dos males o menor!

Casava-se, pois não! estava disposta a isso, e até compreendia e sentia melhor que ninguém o quanto precisava, por conveniência mesmo de sua própria saúde, arrancar-se daquele estado de solteira que já se ia prolongando por demais. Estava disposta a casar, que dúvida! mas também não queria fazer alguma irreparável doidice, que tivesse de amargar em todo o resto da sua vida... Nem se julgava nenhuma criança, para não saber o que lhe convinha e o que lhe não convinha! Enfim, a sua intenção era, como se diz em gíria de boa sociedade: "Casar bem".

Sim! uma vez que o casamento era arranjado daquele modo; uma vez que tinha de escolher friamente um homem, a quem se havia de entregar por convenção, queria ao menos escolher um dos menos difíceis de aturar; um homem de gênio suportável, com um pouco de mocidade e uma fortuna decente.

Bastava-lhe isto!

Nada, porém, de se decidir, e o tempo a correr! Os vinte anos vieram encontrá-la sem noivo escolhido; o pai principiava a inquietar-se, e o Dr. Lobão a dizer-lhe: "Olhe lá, meu amigo, é bom não facilitar! É bom não facilitar!..."

Que injustiça! o pobre Conselheiro não facilitava: não fazia mesmo outra coisa senão andar por aí arrebanhando para a sua casa todo homem que lhe parecia apto para casar com a filha; e tanto, que a roda dos seus amigos crescia largamente, e as suas festas amiudavam-se, e as suas despesas reproduziam-se.

Uma notícia má veio, porém, enlutar, a casa e fechar-lhe as portas por algum tempo — a morte de Fernando. O rapaz nas últimas cartas já se queixava da saúde: dizia que andava à procura de ares mais convenientes aos seus brônquios. Fugira da Alemanha para a França, da França para a Itália, desta para a Espanha, e fora morrer, afinal, em Portugal.

O Conselheiro ficou fulminado com a notícia, aparentemente mais sentido do que a própria Magdá. Esta recebeu-a como se já a esperasse: saltaram-lhe as lágrimas dos olhos, mas não teve um grito, uma exclamação, um gemido; apenas ficou muito apreensiva, aterrada, com medo do escuro e da solidão. Durante noites seguidas foi perseguida por terríveis pesadelos, nos quais o morto representava sempre o principal papel, mas, durante o dia, não tinha uma palavra com referência a ele.

Não obstante, duas semanas depois, passeando na chácara, viu pular diante de si um sapo; e foi o bastante para que explodisse a reação dos nervos. Estremeceu com um grande abalo, soltou um grito agudo e

O HOMEM

45

sentiu logo à boca do estômago uma pressão violenta.
Era a primeira vez que lhe dava isto; acudiram-na e
carregaram-na para o quarto. Ela, porém, não sosse-
gava: o peso do estômago como que se enovelava e subia-
-lhe por dentro até à garganta, sufocando-a num desa-
brido estrangulamento. Esteve assim um pouco; afinal
perdeu os sentidos e começou a espolinhar-se na cama,
em convulsões que duraram quase uma hora.

Tornou a si nos braços das amigas da vizinhança,
atraídas ali pelos formidáveis gritos que ela soltava.
O pai e o Dr. Lobão também estavam a seu lado; o
doutor, muito expedito, com os óculos na ponta do nariz, suando, rabujava enquanto a socorria:

— Que dizia eu? Ora aí tem! É bem feito! Ainda
acho pouco! Quem corre por seu gosto não cansa!
Se fizessem o que recomendei, nada disto sucederia!
Agora o médico que a ature!...

E, voltando-se para uma das vizinhas que, por ficar muito perto dêle, lhe estorvava às vezes o movimento do braço, exclamou com arremesso: — Saia daí!
Também não sei que têm de cheirar cá! Melhor seria
que estivessem em casa cuidando das obrigações!

— Cruzes! disse a moça fugindo do quarto. —
Que bruto! Deus te livre!

Por este tempo Magdá era acometida por uma
explosão de soluços, e chorava copiosamente, o peito
muito oprimido.

— Ora até que enfim! rosnou o doutor. E, erguendo-se, soprou para o Conselheiro, a descer as mangas da camisa e da sobrecasaca, que havia arregaçado:
— Pronto! Estes soluços continuarão ainda por algum
tempo, e depois ela sossegará. Naturalmente há de
dormir. O que lhe pode aparecer é a cefalagia...

— Como?

46 OBRAS COMPLETAS DE ALUÍSIO AZEVEDO

— Dores de cabeça. Mas para isso você lhe dará o remédio que vou receitar.

E saíram juntos para ir ao escritório.

— É o diabo!... praguejava entre dentes o brutalhão, enquanto atravessava o corredor ao lado do Conselheiro, enfiando às pressas o seu inseparável sobretudo de casimira alvadia. — É o diabo! Esta menina já devia ter casado!

— Disso sei eu... balbuciou o outro. — E não é por falta de esforços de minha parte; creia!

— Diabo! Faz lástima que um organismo tão rico e tão bom para procriar, se sacrifique deste modo! Enfim — ainda não é tarde; mas, se ela não se casar quanto antes — hum... hum!... Não respondo pelo resto!

— Então o doutor acha que...?

Lobão inflamou-se: — Oh! o Conselheiro não podia imaginar o que eram aqueles temperamentozinhos impressionáveis!... eram terríveis, eram violentos, quando alguém tentava contrariá-los! Não pediam — exigiam — reclamavam!

— E se não se lhes dá o que reclamam, prosseguiu, — aniquilam-se, estrangulam-se, como leões atacados de cólera! É perigoso brincar com a fera que principia a despertar... O monstro deu já sinal de si; e, pelo primeiro berro, você bem pode calcular o que não será quando estiver deveras assanhado!

— Valha-me Deus! suspirou o pobre Conselheiro, que hei de eu fazer, não dirão?

— Ora essa! Pois já não lhe disse? É casar a rapariga quanto antes!

— Mas com quem?

— Seja lá com quem for! O útero, conforme Platão, é uma besta que quer a todo o custo conceber no

O HOMEM 47

momento oportuno; se lho não permitem — dana! Ora
aí tem!

— Visto isso, o histerismo não é mais do que a
hidrofobia do útero?...

— Não! Alto lá! isso não! A histeria pode ter
várias causas, nem sempre é produzida pela abstinên-
cia; seria asneira sustentar o contrário. Convenho
mesmo com alguns médicos modernos em que ela nada
mais seja que uma nevrose do encéfalo e não estabeleça
a sua sede nos órgãos genitais, como queriam os anti-
gos; mas isso que tem que ver com o nosso caso? Aqui
não se trata de curar uma histérica, trata-se é de evitar
a histeria. Ora, sua filha é de uma delicadíssima sen-
sibilidade nervosa; acaba de sofrer um formidável
abalo com a morte de uma pessoa que ela estremecia
muito; está, por conseguinte, sob o domínio de uma
impressão violenta; pois o que convém agora é evitar
que esta impressão permaneça, que avulte e degenere
em histeria; compreende você? Para isso é preciso,
antes de mais nada, que ela contente e traga em perfeito
equilíbrio certos órgãos, cuja exacerbação iria alterar
fatalmente o seu sistema psíquico; e, como o casamento
é indispensável àquele equilíbrio, eu faço grande questão do casamento.

— De acordo, mas...

— Casamento é um modo de dizer, eu faço questão é do coito! — Ela precisa de homem! — Ora aí
tem você!

O Conselheiro respirou com força, coçou a cabeça.
Os dois penetraram no gabinete, e o doutor, depois de
escrever a sua receita, acrescentou, como se não tivesse
interrompido a conversa: — Noutras circunstâncias,
sua filha não sofreria tanto... nada disto teria até conseqüências perigosas; mas, impressionável como é, com

48   OBRAS COMPLETAS DE ALUÍSIO AZEVEDO

a educação religiosa que teve, e com aquele caraterzinho orgulhoso e cheio de intransigências, se **não casar** quanto antes, irá padecer muito; irá viver em luta aberta consigo mesma!

— Em luta? Como assim, doutor?

— Ora! A luta da matéria que impõe e da vontade que resiste; a luta que se trava sempre que o corpo reclama com direito a satisfação de qualquer necessidade, e a razão opõe-se a isso, porque não quer ir de encontro a certos preceitos sociais. Estupidez humana! Imagine que você tem uma fome de três dias e que, para comer, só dispõe de um meio — roubar! — Que faria neste caso?

— Não sei, mas com certeza não roubava...

— Então — morria de fome... Todavia um homem, de moral mais fácil que a sua não morreria, porque roubava... Compreende? — Pois aí tem!

V

Depois do ataque, Magdá sentiu um grande quebramento de corpo e pontadas na cabeça. O Conselheiro, quando a viu em estado de conversar, falou-lhe com delicadeza a respeito de casamento, apresentando-lhe as doutrinas do Dr. Lobão, vestidas agora de um modo mais conveniente.

— Mas eu estou de acordo! repontou ela, estou perfeitamente de acordo! A questão é haver um noivo! Eu não posso casar sem um noivo!

— Tens rejeitado tantos...

— Porque não me convinha nenhum dos que me apresentaram; hoje, porém, estou resolvida a ser mais fácil de contentar, e creio que casarei.

— Ainda bem, minha filha, ainda bem!

O HOMEM

E abriram-se de novo as salas do Sr. Conselheiro, e começaram de novo as festas, e de novo começou aquela canseira de arranjar um — marido.

E espalhem-se convites para todos os lados! E corra a gente à confeitaria e aos armazéns de bebidas! E contrate-se orquestra! E chame-se a costureira! E ature-se o cabeleireiro! — Que maçada! Que insuportável maçada!

Entre novos arrebanhados, apareceu o Sr. Comendador José Furtado da Rocha, velhote bem disposto, orçado pelos cinqüenta, mas dando tinta ao cabelo e escanhoando-se com muita perfeição. Era português, e havia-se opulentado no comércio, onde principiara brunindo pesos e balanças. Magdá aceitou-lhe a corte quase por brincadeira, a rir, ou talvez para não contrariar o pai, que se mostrava muito afeiçoado por ele: ou, quem sabe? talvez ainda na esperança de ver surgir de um momento para o outro novo pretendente.

O velhote parecia adorá-la e falava, com meias palavras e sorrisos de misteriosa intenção, em arranjar títulos, deixar palácio, correr a Europa inteira e comprar objetos de arte.

Um gajo! mas, quando o Conselheiro, em nome do amigo, perguntou à filha se estava resolvida a casar com ele, Magdá sorriu, espreguiçou-se e, afinal, para não deixar o pai sem resposta, tartamudeou:

— Não digo que não, mas... sabe?... é cedo para decidir... Havemos de ver! havemos de ver!...

Três meses depois, o Comendador, já desenganado, casava-se em S. Paulo com uma viúva ainda moça, professora de piano.

Apresentou-se então, solicitando a mão de Magdá, o Dr. Tolentino. Não tinha a metade do dinheiro do outro, mas em compensação era muito mais novo. Muito mais! E com um belo prestígio de homem de talento

50 OBRAS COMPLETAS DE ALUÍSIO AZEVEDO

e um futurão na advocacia, se os seus pulmões lho permitissem.

Sim senhor, porque o Dr. Tolentino não gozava boa saúde. Era ainda jovem e parecia velho; extremamente magro, vergado, um pouco giboso, olhos fundos, faces cavadas, cabelo pobre e uma tosse de a cada instante. Todo ele respirava longas noites de estudo, sobre grossos livros de direito ou defronte das carunchosas pilhas dos autos; todo ele estava a pedir, com o seu magro pescocinho, um longo *cache-nez* bem quente, e as suas mãos, extensas e magras, queriam luvas de lã; e os seus pés, longos e espalmados, exigiam sapatos de borracha. Não produzia lá muito bom efeito o vê-lo assim desmalmado, muito comprido dentro de sua sobrecasaca abotoada de cima a baixo, olhando tristemente para a vida por detrás dos seus óculos de míope.

Muito bom efeito — não, não produzia; mas também não produzia mau, graças à delicadeza dos seus gestos e à expressão inteligente do seu rosto cor de palha de milho. Cheirava a doença; mas, palavra de honra, falava que nem o José Bonifácio!

Não! definitivamente merecia a fama de homem ilustre!

O seu namoro à filha do Conselheiro foi calmo, correto e persistente. Porém inútil: Magdá, depois de muita negaça, muita hesitação e muito constrangimento, resolveu não o aceitar.

Já lá ia entretanto quase que meio ano depois do primeiro ataque, e ela começava a torcer o nariz à comida, a fazer-se mais magra, mais irritável e mais sujeita a sobressaltos nervosos.

Abatia.

O drama, a música triste, o romance amoroso, provocavam-lhe agora um choro, que principiava pela simples lágrima e acabava sempre em soluços convulsivos.

O HOMEM 51

Ao depois — aí estavam as pontadas no alto da cabeça, o embrulhamento do estômago, os terrores infundados, o exagero de todos os seus atos e em estranho desassossego do corpo e do espírito, que a fazia andar inquieta por toda a casa sem parar três segundos no mesmo ponto.

— Temo-la travada! exclamava o seu médico; até que, uma ocasião, furioso, avançando de punho fechado contra o Conselheiro, gritou-lhe, cerrando os dentes e arreganhando-os: — Que diabo, homem! case esta pobre rapariga, seja lá com quem for!

— É boa! repontou o outro. — Ainda mais esta!... Pois você acha que, se houvesse aparecido com quem, eu já não a teria casado?

— Ora o que, meu amigo! As minhas observações não me enganam: ela tem qualquer amor contrariado, que me não confessa; e você com certeza sabe de tudo e cala o bico por conveniência... É que o sujeito, naturalmente, é algum tipo sem eira nem beira... Ah! Eu compreendo estas coisas... mas, em todo o caso, fique sabendo para o seu governo que você está mas é preparando uma doida de primeira ordem! Ora aí tem!

O Conselheiro deu sua palavra que não sabia de nada, e afirmou em boa-fé que a filha não tinha namoro oculto, nem claro; que, se o tivera, já ele o houvera descoberto.

— Pois se não tem, é preciso arranjá-lo e arranjá-lo já!

Surgiu então o Conde do Valado.

Trinta a trinta e cinco anos. Elegante, louro, meio calvo, barba rente espetando no queixo em duas pontas de saca-rolha; olho azul, monóculo, o esquerdo sempre fechado; uma ferradura de ouro guarnecida de pequeninos brilhantes, na gravata, que também era toda sa-

52 OBRAS COMPLETAS DE ALUÍSIO AZEVEDO

rapintada de ferraduras, luvas de pele da Suécia com três riscões negros em cima; sapatos ingleses, mostrando meias de cor, onde havia ainda pequenas ferraduras bordadas a seda.

Este, quanto ao chamado vil metal, não tinha nem pouco, nem muito; era pobre, pobre como o país onde nascera; mas descendia em linha reta de uma família portuguesa muito ilustre pelo sangue, e em cujos primeiro galhos até príncipes se apontavam. Vivia à custa de um cavalo igualmente puro no sangue e na raça, com o qual apostava no Prado. De resto — falava inglês, fumava cigarrilhos de Havana, bebia cerveja como qualquer doutor formado na Alemanha e tinha o distintíssimo talento de encher cinco horas só a tratar de jóquei-clube.

Magdá ficou muito impressionada quando o viu pela primeira vez passar a meio trote na praia de Botafogo fazendo corcovear à rédea tesa um alazão do Moreaux. Achou-o irresistível de botas de verniz, elegantemente enrugadas sobre o tornozelo, calção de flanela branca abotoado na parte exterior da coxa, jaleco de pelúcia cor de pinhão com passanes e botões de prata, chapéu alto de castor cinzento e luvas de camurça. Por muitos dias conservou no ouvido o eco daquele estalar metódico e compassado, que as patas do animal feriam no calçamento da rua. E, em família, tanto e com tamanha insistência falou do tal conde, que o pai, malgrado as informações contrárias que obtivera a respeito dele, deu providências para o atrair à sua casa.

Foi uma corte sem tréguas a do Valado. Perseguia Bagdá por toda a parte; passava-lhe a cavalo pela porta todos os dias; convidava-a para todas as valsas; fazia-lhe declarações de amor em todas as ocasiões.

O HOMEM   53

— Então? perguntou o Conselheiro à filha, depois de lhe comunicar que o conde acabava de pedir a mão dela.

— Não sei, respondeu Magdá. Mais tarde, mais tarde terão a resposta... É bem possível que aceite...

Deram todos como certo o casamento da filha do Conselheiro com o estróina do conde. Fizeram-se comentários, reprovações. Mas, nessa mesma semana, uma noite, estando aquela ao piano e o outro ao seu lado, a virar-lhe as folhas da partitura, ela de repente deixou de tocar, soltou um grito e foi logo acometida por um novo ataque, ainda mais forte que o primeiro.

Havia descoberto, a passear no colarinho do fidalgo, um pequenino inseto da cor do jaquetão com que ele se exibia a cavalo. Acudiram-na de pronto com sais e algodões queimados. Fez-se uma desordem geral na sala; Magdá foi carregada a pulso para o quarto dando de pernas e braços por todo o caminho. E, daí a pouco, levantava-se a reunião e retiravam-se os convidados.

Não pôde erguer-se da cama no dia seguinte, nem no outro, nem nos cinco mais próximos. Detinham-na grandes dores de cabeça, amolecimento nas pernas, e uma ligeira impressão dolorosa na espinha dorsal.

— Olhe! disse o Dr. Lobão ao Conselheiro. — Isto ainda não é precisamente a tal fome de três dias, mas para isso pouco lhe falta!...

O pai de Magdá resolveu aproveitar a primeira estiada da moléstia para casar a filha com o conde.

— Decerto! decerto! aprovara o médico.

Todavia a caprichosa, ainda de cama, declarou que — definitivamente — não se casaria com semelhante homem. — Nunca!

— Não! exclamou, com este é tempo perdido! Façam o que quiserem, eu não me caso!

— Mas por que, minha filha?...

54   OBRAS COMPLETAS DE ALUÍSIO AZEVEDO

— Não sei, não quero!

— Ele te deu algum motivo de desgosto?...

— Ora! Já disse que não quero!

E ninguém, nem ela própria, sabia explicar a razão por que, — era lá uma cisma.

Quando se levantou estava desfeita; apareceram-lhe náuseas depois da comida e uma tosse seca que a perseguia enquanto estivesse de pé.

Foi então que o Dr. Lobão, enfurecido com a sua doente, porque se recusara a entregar-se ao conde, aconselhou o tal passeio à Europa.

VI

A viagem, como ficou dito, pouco lhe aproveitou ao sistema muscular e agravara-lhe sem dúvida o sistema nervoso. Magdá voltou mais impressionável, mais vibrante, mais elétrica. De novo, verdadeiramente novo, o que se lhe notava agora era só uma exagerada preocupação religiosa: estava devota como nunca fôra, nem mesmo nos seus tempos de pensionista das irmãs de caridade. Mostrava-se muito piedosa, muito humilde e submissa aos preceitos da Igreja. Falava de Cristo, pondo na voz infinitas doçuras de amor.

É que, enquanto percorrera as velhas capitais do mundo católico, visitando de preferência os lugares sagrados e as ruínas, o seu espírito, como se peregrinasse em busca do ideal, fôra lentamente se voltando para Deus. Preferira sempre os ermos silenciosos e propícios às longas concentrações místicas. As multidões assustavam-na com a sua grosseira e ruidosa atividade dos grandes centros de indústria e do comércio; o verminar das avenidas de *boulevards,* as enchentes de teatro, a concorrência dos passeios públicos, a aglomeração das oficinas e dos armazéns de moda, o cheiro do carvão-de-pedra, o vaivém de operários, o zunzum

O HOMEM 55

dos hotéis: tudo isso lhe fazia mal. Agora, a sua delicadíssima suscetibilidade nervosa reclamava o taciturno recolhimento dos claustros; pedia uma vida obscura e contemplativa, toda ocupada com um perenal idílio da alma com a divindade.

Em França chegou a falar ao pai em recolher-se a um convento. O Conselheiro disparatou:

— Estava doida! Pois ele tinha lá criado uma filha com tanto esmero para a ver freira?... Não lhe faltava mais nada! Ah! bem quisera opor-se àquelas incessantes visitas aos mosteiros, aos cemitérios e às igrejas! Não se opusera — aí estavam agora as conseqüências! — Ser freira! Tinha graça! Não havia dúvida — tinha muita graça que a Sra. D. Madalena fôsse a Paris para lá ficar num convento! Mas era bem feito!... era muito bem feito, porque, desde o dia em que se deu o que se dera com a visita ao túmulo de Eloísa e Abelardo, que ele devia estar prevenido contra semelhantes passeios e tomar providências a respeito daquela mania religiosa!

A visita ao túmulo dos legendários amantes fôra com efeito muito fatal à filha do Conselheiro. Esta, depois de contemplá-lo em silêncio e por longo tempo, extática, abriu num pranto muito soluçado, findo o qual, pôs-se a dançar e a cantar, num ritmo, que ia aos poucos se acelerando. O pai quis contê-la; Magdá fugiu-lhe, correndo pelo cemitério, saltando pelas sepulturas, tropeçando aqui e ali, tão depressa caindo como se levantando, a soltar gritos que pareciam uivos de fera esfaimada. Afinal, já sem forças e com as roupas em frangalhos, abateu por terra, ofegante, mas escabujando ainda num rosnar convulsivo, até perder os sentidos, e logo pegar em sono profundo, do qual só despertou vinte e tantas horas depois, já no hotel, para onde a levaram, sem que ela desse acordo de si.

Estava no período da coréia e das convulsões.

Este acidente, porém, em vez de lhe servir de lição e de afastá-la de tudo que lhe pudesse causar novas crises, foi, ao contrário, como que o ponto de partida da sua declinação para as coisas religiosas. Começou desde então a sentir-se oprimida por uma ansiedade sem objetivo nem causa aparente; às vezes uma grande mágoa a sufocava, enchendo-lhe a garganta de soluços indissolúveis; outras vezes eram titilações por todo o corpo, uns pruridos que a irritavam, que lhe metiam vontade de morder as carnes, de açoitar-se, de beliscar-se até tirar sangue. E, quando cessavam estas tiranias da matéria, voltavam de novo as mágoas, e então o que a consumia era um desejo esquisito, que lhe comia por dentro, onde e por que não sabia dizer; e depois uma esperança sem esperança de conforto, um como ideal despedaçado no seu interior, cujas incalculáveis partículas se lhe espalhassem por todo o ser e procurassem fugir, transformadas em milhões de suspiros.

Valia-se então das súplicas religiosas e ficava longo tempo a rezar, banhada em lágrimas, os olhos injetados, os lábios trêmulos, o nariz frio de neve. Porém a oração não a confortava, e a infeliz pedia a Deus que a matasse naquele mesmo instante ou lhe enviasse dos céus um alívio para as suas aflições.

Foi nesse estado que Magdá tornou ao Rio de Janeiro. A velha Camila, cuja beatice emperrara com o tempo e já tresandava a idiotia, rejubilou ao vê-la assim; durante a viagem da sobrinha, ela se recolhera ao convento de Santa Teresa, onde tinha amigas e onde costumava dantes ir passar dias e às vezes semanas inteiras, no tempo em que ainda não estava tão mal de saúde. Qual não seria, pois, o seu gosto, quando Magdá, fechando-se com ela no quarto, abriu o coração

O HOMEM 57

e franqueou à devota todas as vagas mortificações e místicos arrebatamentos da sua pobre alma enferma?

— Fizeste tu muito bem, minha filha! aplaudiu a tia, abraçando-a transportada. — Fizeste muito bem em te voltares para a igreja! Deixa lá falar teu pai, que não entende disto e está tão contaminado de heresia como qualquer homem deste tempo. Deixa-o lá e entrega-te às mãos de Deus, que terás bem-aventurança na terra, como mais tarde a pilharás no céu!

E, porque Magdá se queixasse depois dos seus tremores, das suas palpitações e dos seus sobressaltos de todo o instante: — Quanto a isso, não tens que recear, vou ensinar-te uma oração, que é só trazê-la de cor e rezá-la de vez em quando — e hás de ver que tudo se vai embora!

A sobrinha falou em casamento.

— Se encontrares marido, respondeu a velha, e entenderes que deves casar — casa-te, menina, que essa é a vontade de teu pai; mas também se não casares, nem por isso serás menos feliz, uma vez que já estejas na divina graça de Nosso Senhor Jesus Cristo...

E, depois de cruzar as mãos sobre o peito e revirar os olhos para o céu, acrescentou: — Não tenho eu vivido até hoje tão solteirinha como no dia em que nasci?... E, olha, rapariga, que o homem nunca me fez lá essas faltas! Ainda em certa idade, quando andava no fogo dos meus vinte aos trinta, vinham-me assim umas venetas mais fortes de casamento; mas que fazia eu? — Disfarçava; metia-me com meus santinhos; rezava à Nossa Senhora do Amparo, e com poucas — nem mais pensava em semelhante porcaria! A coisa está em tirar uma pessoa o juízo daí! Olha: decora a oração que te vou ensinar, e reza-a sempre que sentires formigueiros na pele e comichões por dentro!

A oração constava do seguinte:

58 OBRAS COMPLETAS DE ALUÍSIO AZEVEDO

"Jesus, filho de Maria, príncipe dos céus e rei na terra, senhor dos homens, amado meu, esposo de minha alma, vale-me tu, que és a minha salvação e o meu amor! Esconde-me, querido, com o teu manto, que o leão me cerca! Protege-me contra mim mesma! esconjura o bicho imundo que habita minha carne e suja minha alma! — Salva-me! Não me deixes cair em pecado de luxúria, que eu sinto já as línguas do inferno me lambendo as carnes do meu corpo e enfiando-se pelas minhas veias! Vale-me, esposo meu, amado meu! Vou dormir à sombra da tua cruz, como o cordeirinho imaculado, para que o demônio não se aproxime de mim! Amado do meu coração, espero-te esta noite no meu sonho, deitada de ventre para cima, com os peitos bem abertos, para que tu me penetres até ao fundo das minhas entranhas e me ilumines toda por dentro com a luz do teu divino espírito! Por quem és, conjuro-te que não me faltes, porque, se não vieres, arrisco-me a cair em poder dos teus contrários, e morrerei sem estar no gozo da tua graça! Vem ter comigo, Jesus! Jesus, filho de Deus, senhor dos homens, príncipe dos céus e rei na terra! Vem que te espero. Amém."

Magdá decorou isto e, desde então todas as noites, antes de dormir, ficava horas esquecidas ajoelhada defronte do seu crucifixo de marfim, a repetir em êxtases aquelas palavras que a entonteciam com a sua dura sensualidade ascética. E os olhos prendiam-se-lhe na chagada nudez do filho de Maria e ungiam-lhe ternamente as feridas, como se ela contemplasse com efeito o retrato do seu amado. Mas aquele corpo de homem nu, ali, no mistério do quarto, trazia-lhe estranhas conjeturas e maus pensamentos, que a mísera enxotava do espírito, corando envergonhada da sua própria imaginação.

Foi a partir desse tempo que deu para andar sempre vestida de luto, muito simples, com o cabelo apenas

O HOMEM 59

enrodilhado e preso na nuca; um fio de pérolas ao pescoço, sustentando uma cruz de ouro, e mais nenhuma outra jóia. E, assim, a sua figura ainda parecia mais delgada e o seu rosto mais pálido. A tristeza e a concentração davam-lhe à fisionomia uma severa expressão de orgulho; dir-se-ia que ela, à medida que se humilhava perante Deus, fazia so cada vez mais altiva e sobranceira para com os homens. O todo era o de uma princesa traída pelo amante, e cuja desventura não conseguira abaixar-lhe a soberbia, nem arrancar-lhe dos lábios frios uma queixa de amor ou um suspiro de saudade.

Os seus atos mais simples e os seus mais ligeiros pensamentos ressentiam-se agora de um grande exagero. Nunca se mostrara tão intolerante nos princípios de dignidade e na pureza dos costumes; nunca fôra tão aristocrata, tão zeladora da sua posição na sociedade, nem tão convicta dos seus merecimentos e dos seus créditos.

Uma conduta irrepreensível! Se sofria ou não para sustentar os deveres de mulher honesta, só o sabia a discreta imagem de marfim, a quem unicamente confiava os segredos das suas lutas interiores; os desesperos e as misérias da sua carne; se tinha desejos, tragava-os em silêncio com a mais inflexível nobreza e o mais afincado orgulho. Ao vê-la, na singela gravidade do seu trajo, o rosto descolorido pela moléstia, os movimentos demorados e sem vida, sentia a gente por ela um profundo respeito compassivo, uma simpatia discreta e duradoura. O triste ar de altiva resignação que se lhe notava nos olhos, outrora tão ardentes e tão talhados para todos os mistérios da ternura; a desdenhosa expressão de fidalguia daqueles lábios já para executar a música ideal dos beijos e cujas cordas sem cor, instrumentos que a natureza havia destinado

60   OBRAS COMPLETAS DE ALUÍSIO AZEVEDO

pareciam agora frouxas e embambecidas; aquela respiração curta e entrecortada de imperceptíveis suspiros; aquela voz, poderosa na expressão e fraca na tonalidade, onde havia um pouco de súplica e um pouco de arrogância — súplica para Deus e arrogância para os homens; enfim — tudo que respirava da sua adorável figura de deusa enferma: tudo nos conduzia a amá-la em segredo reverentemente, como um soldado a sua rainha.

Agora a bem poucos dava a honra de uma conversa; falava sempre sem gesticular e em voz baixa, e ninguém, a não ser o pai, lhe alcançava um sorriso. A dança, o canto, o piano, tudo isso foi posto à margem; as partituras dos seus autores favoritos já se não abriam havia longos meses; a sua caixinha de tintas vivia no abandono; os seus pincéis de aquarela, dantes tão companheiros dela, já lhe não mereciam sequer um beijo. Iam-se-lhe agora os dias quase que exclusivamente consumidos na leitura, lia mais do que dantes, muito mais, sem comparação, mas tão-somente livros religiosos ou aqueles que mais de perto jogavam com os interesses da Igreja; gostava de saber as biografias dos santos, deliciava-se com a "Imitação de Jesus Cristo", e não se fartava de ler a Bíblia, o grande manancial da poesia que agora mais a encantava; decorara o "Cântico dos Cânticos" de Salomão, principalmente o capítulo V, que principia deste modo:

"Venha o meu amado para o seu jardim, e coma o fruto das suas macieiras.

"Eu vim para o meu jardim, irmã minha esposa; suguei a minha mirra aromática; comi o favo de mel; bebí o meu vinho com o meu leite. Comei, amigos, e bebei, e embriagai-vos, caríssimos!

"Eu durmo e o meu coração vela; eis a voz do meu amado que bate, dizendo: — Abre-me, irmã minha,

o HOMEM   61

pomba minha, imaculada minha, porque sinto a cabeça
cheia de orvalho, e me estão correndo pelos anéis do
cabelo, as gotas da noite."

E estes, como todos os outros versículos de Salomão, lhe punham no espírito uma embriaguez deliciosa,
atordoavam-na como um perfume capitoso e melífluo
de flores orientais ou como um vinho saboroso e tépido
que a ia penetrando toda, até à alma, com a sua doçura aveludada e cheirosa. E, depois de repeti-los
muitas e muitas vezes corria a tomar nas mãos a imagem de Cristo, e abraçava-a, e cobria-a de beijos, solu-
çando e murmurando: "Meu amado, meu irmão, meu
esposo!" E dizia-lhe em segredo, num delírio crescente: "Eu sou a tua pomba imaculada; sou o mel de
que teus lábios gostam; sou o leite fresco e puro com
que tu te acalmas; tu és o vinho com que me embriago!"

— Isto acaba mal! Isto com certeza acaba muito
mal! exclamava entretanto o Dr. Lobão, furioso contra
o Conselheiro, sobre quem ele fazia recair toda a responsabilidade do estado de Magdá. — Pois já não
bastavam os terríveis elementos que havia para agra-
var a moléstia?... Como então deixar nascer e desen-
volver-se o demônio daquela beatice, que só por si era
mais que suficiente para derreter os miolos a qualquer
mulher?!

Uma tarde, na semana santa, ela saiu em companhia da velha e voltou sem sentidos no fundo de um
carro. Tinham ido ouvir um sermão da Capela Im-
perial, e Magdá fora aí mesmo acometida por um ataque de convulsões com delírio.

O Conselheiro revoltou-se formalmente contra a
irmã:

— Aquilo era um abuso que orçava pela petulân-
cia! era um desrespeito ao que ele determinava dentro
de sua casa e com relação à sua própria filha! Por

62   OBRAS COMPLETAS DE ALUÍSIO AZEVEDO

mais de uma vez havia declarado já que a Sra. D. Madalena não podia ir à igreja e muito menos demorar-se aí horas e horas; e fazia-se justamente o contrário! Se D. Camila não podia passar sem isso, que fosse sòzinha! Podia lá ficar o tempo que quisesse, fartar-se de sermões e rezas, deliciar-se com aquela bela atmosfera impregnada de incenso e bodum de negros! Que fosse; ninguém a privava de ir, mas, com um milhão de raios! não arrastasse consigo uma pobre doente para pô-la naquele estado! Era muito bonito, não havia dúvida! Ele em casa a desfazer-se em cuidados de meses e meses para minorar os sofrimentos da filha, a fazer sacrifícios para a ver boa; e a beata da irmã a destruir tudo isso em poucas horas! Não! não tinha jeito! A continuarem as coisas por aquele modo, ele ver-se-ia obrigado a tomar sérias providências contra semelhante abuso! Se D. Camila não se queria conformar com o que ditava o bom senso, que tivesse paciência, mas voltaria por uma vez para o convento!

E o que mais o irritava era o modo fraudulento por que tudo aquilo se fazia; eram as confidências secretas, as combinações em voz misteriosa, a espécie de conspiração que havia contra ele, entre Magdá e a velha. Enganavam-no: saíam para "dar um passeio pela praia", e agora ficava descoberto o que eram os tais passeios! Roubavam-lhe até o amor e a confiança de sua filha! — Dantes, Magdá não dava um passo, nem mesmo pensava em fazer fosse o que fosse, sem primeiro consultá-lo, ouvi-lo; e agora — evitava-o; falava-lhe em meias palavras; parecia ter segredos inconfessáveis! Dissimulava!

— Tudo isso é da moléstia! explicou o Dr. Lobão, cujas visitas à casa do Conselheiro rareavam ùltimamente, porque o feroz médico vivia muito preocupado com o estabelecimento de uma casa de saúde, que aca-

O HOMEM 63

bava de montar fora da cidade. Mas o pobre pai não se consolava com a explicação do doutor e sofria cada vez mais por amor da sua estremecida enferma. Magdá, com efeito, estava agora toda cheia de dissimulações e reservas; parecia viver só exclusivamente para uma idéia secreta, um ideal muito seu, que ela colocava acima de tudo e de todos. Fazia-se muito manhosa, muito amiga de sutilezas, de disfarce, empenhando-se em esconder as suas mais simples e justificáveis intenções e fazendo acreditar que existiam outras de grande responsabilidade. Os passeios clandestinos que continuava a dar com a tia, cegando a vigilância do Conselheiro, para estar algum tempo na igreja, tinham para ela um irresistível encanto de fruto proibido, e a preocupação em escondê-los constituía o melhor interesse de sua existência.

As duas saíam em passo de quem vai espairecer um pouco pelas imediações de casa, mas a certa distância aceleravam a marcha, apressavam-se, conversando em segredo os seus assuntos religiosos. A rapariga, à medida que se aproximava do templo, ia ficando excitada, palpitante, olhando repetidas vezes para trás, como se receasse que a seguissem. Afinal chegava, ofegante, com o coração na garganta e, depois de verificar que não era perseguida por ninguém, entrava na igreja trêmula e assustadiça, como se entrasse no latíbulo de um amante. E aquele silêncio das naves; aquela solidão compungida; o ar fresco dos lugares de teto muito alto; tudo isso lhe punha no corpo um meigo quebranto de volúpia sobressaltada.

Ajoelhava sempre num ponto certo; tinha já a sua imagem predileta, era um grupo de Mater Dolorosa, de tamanho natural, com o Cristo deitado ao colo, morto, todo nu, os braços pendentes, o sangue a escorrer-lhe pelas faces e pela ebúrnea rigidez do corpo.

64 OBRAS COMPLETAS DE ALUÍSIO AZEVEDO

Adorava este Cristo, amava-o, preferia-o, tinha íntimas predileções por ele; achava-o mais formoso do que tôdas as outras imagens sagradas. Embriagava-se com ver-lhe aquele rosto muito pálido, aqueles olhos de pálbebras mal fechadas, adormecidos no negrume dos martírios, aqueles lábios roxos, imóveis, aqueles longos cabelos que lhe caíam pelos ombros, aquela barba nazarena que parecia ter bebido de cada mulher da terra uma lágrima de amor.

E ela, no murmúrio das suas orações, dizia-lhe ternuras de esposa; pedia-lhe consolos e confortos, que êle não lhe podia dar; falava-lhe com o magoado orientalismo do "Cântico dos Cânticos"; e suas palavras eram quentes como beijos e ternas e doloridas como suspiros de quem ama. Por aquela imagem querida acentuava na sua imaginação a melancólica figura desse ente perfeito e desejado, de que na Bíblia lhe falavam as filhas de Jerusalém. Era esse o amado que, em sonhos, lhe pedia para abrir a porta, porque lhe estavam correndo pelos anéis do cabelo as gotas da noite; era esse o amado cândido e rubicundo, escolhido entre milhares; era esse, cujos olhos são ternos e doces, nem como as pombas que, tendo os ninhos ao pé do regato das águas, estão lavadas em leite e se acham de assento junto das mais largas correntes dos rios; era esse o amado, cujas faces são iguais a canteiros de flores aromáticas e cujos lábios destilam a mais preciosa mirra; era esse de mãos superfinas, feitas ao torno, cheias de jacintos; esse de ventre de marfim, guarnecido de safiras; esse de pernas de mármore sustentadas sobre bases de ouro; esse que era escolhido como os cedros e cuja figura a chorosa e lânguida sulamita comparava ao Líbano.

Era esse que ela supunha amar; a quem supunha dar tudo o que seu coração e sua alma possuíam; e,

O HOMEM

vendo-se descoberta e proibida de ir às místicas entrevistas com ele, foi logo tomada por um grande desgosto, sobrevindo as convulsões, e tendo de guardar a cama por muitos dias, porque lhe apareceu então uma febre de caráter especial, apresentando todos os sintomas da pirexia comum, mas que todavia não se subordinavam aos medicamentos que a esta combatem.

— Ora aí tem! É a febre histérica! classificou logo o Dr. Lobão. E em resposta às perguntas do Conselheiro, despejou um chorrilho de nomes técnicos, dizendo que: "Aquilo não podia ser febre tifóide, nem ter sua origem na flegmasia encefálica, nem tampouco na alteração de algum órgão esplâncnico, porque uma meningite, ou uma encefalite ou mesmo a febre tifóide comum não poderiam chegar àquele grau, porque não havia doente capaz de resistir!"

O certo é que Magdá, ao levantar-se da tal febre, estava reduzida a uma fraqueza extrema. Voltaram-lhe a dor da espinha, a tosse e a inapetência completa; se insistia em comer, vomitava incontinenti. O Dr. Lobão, na sua venerável pretensão de médico antigo, declarou sem cerimônia que "pela contração tônica dos músculos, pressentia a aproximação da letargia".

— A letargia! Agora é que eram elas! Aí estava o que ele menos desejava que viesse!

Depois de praguejar contra todo o mundo e ralhar cuidadosamente com o Conselheiro, aconselhou a este que levasse a doente para outro arrabalde mais campestre, onde não houvesse igrejas perto da casa e onde ela pudesse estar mais em liberdade e mais em movimento. E, logo que se sentisse melhor, convinha despertar-lhe o gosto por qualquer ocupação manual. "Nada de belas-artes, nem leituras! exclamava o cirurgião. — Jardinagem, serviço de horta, jogos de exercícios, como o bilhar, a caça, a pesca! E passeios! muitos

66 OBRAS COMPLETAS DE ALUÍSIO AZEVEDO

passeios ao ar livre, pela fresca manhã, sem chapéu, sem muito medo de apanhar sol! E, se os passeios fossem depois de um banho bem frio — melhor seria! Era preciso que Magdá não deixasse de tomar ferro e aquele xarope de Easton, que ele receitara. Na alimentação devia procurar sempre comer um pouco de carne sangrenta, mariscos, e tomar bom vinho Madeira."

— Ora, aí tem! Faça isto, concluiu ele, e veja se consegue esconder-lhe o diabo dos tais livros religiosos, que ela tem lido ultimamente.

E resmungou ainda, depois de novas pragas: — Pena é que se lhe não possa esconder também aquela barata velha, que é ainda pior do que tôdas as cartilhas da doutrina cristã!

VII

A mudança estava marcada para daí a quinze dias. Iriam refugiar-se na Tijuca, num casarão, que o Conselheiro possuía para essas bandas. Sobrado muito antigo e de aparência tristonha, todo enterrado no fundo de uma chácara, enorme e tão destratada, que alguns pontos até parecia mato virgem. Janelas quase quadradas; paredes denegridas pela chuva e pelo tempo; nas grades da escadaria principal heras e parasitas grimpavam livremente; as trapoerabas cobriam os degraus e alastravam por toda parte; e lá no alto, à beira desdentada do telhado, habitava uma república de andorinhas.

Para chegar à casa, tinha-se de atravessar uma longa e tenebrosa alameda de mangueiras, que começava logo no portão da entrada e se ia estendendo por ali acima lúgubre como um caminho de cemitério. Era triste aquilo com os seus altos muros de pedra e cal,

O HOMEM 67

pesados, cobertos de limo, e transbordantes de copas de árvores velhas. O casarão, olhando pelas costas ou pelo flanco esquerdo, deixava-se ver em toda a sua grosseira imponência, porque dava esses lados para a rua, fazendo esquina com as suas próprias paredes. Metia aflição entrar lá; um pavoroso silêncio de igreja abandonada enchia os enormes quartos nus e enxovalhados de pó; um ar frio e encanado, como o ar de corredores de claustro, enregelava e oprimia o coração naqueles longos aposentos sem vida. Tudo aquilo transpirava cheiro de velhice, cheiro de moléstia; sentia-se a friagem da morte e a fedentina úmida das catacumbas.

O Conselheiro, porém, mandou correr uma limpeza geral na casa; fez ir para lá os móveis e objetos necessários; e, uma bela tarde, meteu-se afinal num *landau* com a filha e mais a velha Camila e abandonaram Botafogo.

Foram com o carro fechado até certa altura do caminho, porque Magdá, de tão incomodada que passara a noite da véspera, não tivera ânimo de pôr outra roupa e apenas enfiara um sobretudo de casimira e agasalhara a cabeça e o pescoço com uma saída de baile.

Chegaram pouco antes do crepúsculo. O sol acabava de retirar-se, mas a terra ainda palpitava na luz. As aves iam-se chegando aos seus penates; toda a natureza se aninhava para dormir; só as vadias das cigarras continuavam espertas, a cantar, fazendo sobressair o seu interminável lá-menor dentro os pacatos bocejos da casa, tranqüila e submissa como um animal doméstico. Magdá sentiu-se ternamente impressionada pelo taciturno aspecto do casarão que, lá naquelas alturas, se lhe afigurava um velho mosteiro ignorado. A circunstância da hora também contribuiu para isso;

68 OBRAS COMPLETAS DE ALUÍSIO AZEVEDO

aquela hora sem dono, que não pertence ao dia nem à noite — era dela; chamou-a a si, como se recolhesse um enjeitado, e tomou-lhe carinho. Era o momento predileto para as suas concentrações e para os seus êxtases: em tudo descobria a essa hora o carpir de uma saudade; cada moita de verdura ou cada grupo de árvores tinha para a filha do Conselheiro suspiros e queixumes de amor. Parecia-lhe a terra, nesse lamentoso e supremo instante em que o sol morre, se vestia de luto e chorava a perda do esposo que além se afogava, em pleno horizonte, atirando-lhe de longe os seus últimos beijos de fogo. Magdá ouvia então os abafados soluços da viúva e sentia-lhe o frio orvalhado pranto.

— Bem, minha filha, vamos para cima, que já cai sereno.

Ela havia escolhido para seus aposentos uma sala e dois cômodos do andar superior. O quarto da cama era quadrado, muito singelo, uma verdadeira cela, em que o seu inseparável crucifixo de marfim assentava ao ponto de impressionar; tinha só uma janela, essa mesma gradejada de ferro e sem vista, porque ficava justamente defronte de uma grande pedreira em exploração. O Conselheiro teve de contrariar a filha para dar a estas salas um pouco de conforto e elegância.

— Para quê? dizia ela, não é preciso! Em qualquer parte a gente vive e morre...

Como estava transformada! Ainda assim notava-se-lhe nas maneiras a mesma correção fidalga e nos gestos a fina escolha e apurada sobriedade, que dantes a distinguiam tanto entre as suas amigas. D. Camila foi também para o andar de cima, fazendo-se acompanhar por uma corte de santos de várias espécies, tamanhos e virtudes. Além dos escravos, levaram apenas uma criada branca para tratar de Magdá.

O HOMEM 69

Instalados, o Conselheiro tomou um homem para arranjar o jardim e ocupou seus negros na reparação da chácara, acompanhando ele próprio o serviço, na esperança de despertar igual desejo no ânimo da filha. Mas qual! Ela, desde o momento em que se enterrou ali, parecia até mais desanimada, mais triste e metida consigo. Agora dava para não ir à mesa e fechar-se no quarto, comendo pedacinhos de pão de instante a instante, roendo queijo seco, chupando frutas ácidas e mastigando goiabas verdes. E sempre a cismar.

O pai embalde protestava contra isto; embalde lhe dizia que ela se estava preparando para uma séria irritação do estômago; embalde queria arrastá-la para a mesa nas horas da comida; embalde lembrava passeios pela manhã ou ao cair da tarde, a pé, a cavalo, de carro, como ela escolhesse. Era tudo inútil: Magdá continuava agarrada ao quarto — cismando.

— Então, ao menos, que acordasse mais cedo, fosse para baixo conversar com ele na chácara; tomar leite mungido na ocasião; ver o pombal que se estava fazendo; dar uma vista-d'olhos pelo galinheiro e pela horta.

Magdá prometia, resmungava: — Que sim, que sim, por que não? Do outro dia em diante estaria de pé logo ao amanhecer!

Mas no dia seguinte, quando iam chamá-la ao quarto, à uma hora da tarde, respondia de mau humor:

— Deixem-me em paz! Oh!

— Nesse caso vamos de novo para Botafogo! exclamou afinal o Conselheiro, perdendo a paciência. — Eu, se vim encafuar-me aqui, foi na esperança de fazer-te mudar de regime e com isso alcançar-te algumas melhoras! Vejo, porém, que é muito pior a emenda que o soneto!

70   OBRAS COMPLETAS DE ALUÍSIO AZEVEDO

Ela teve um tremor de músculos, e ficou muito impressionada com o tom quase áspero que o pai pusera nestas palavras.

— Não sei que desejam de mim!... disse.

— Desejo que fiques boa. Aí tens, tu, o que eu desejo!...

— Só parece que julgam que me faço doente para contrariar aos outros! Se estivesse em minhas mãos, seria mais agradável a todos; não me ponho melhor e bem disposta, porque não posso!...

— Está bom, está bom, balbuciou o Conselheiro, acarinhando-a, arrependido por não ter sido tão amável desta vez como das outras. — Não vás agora afligir-te com o que eu disse... Aquilo não teve a intenção de magoar-te...

Ela prosseguia em tom infeliz e ressentido: — Se vim para cá, foi porque me trouxeram... não reclamei nada... Não me queixei ainda de coisa alguma... Sinto-me aqui perfeitamente... dou-me até muito bem, e só peço e suplico que não me contrariem; que me deixem em paz pelo amor de Deus; que me não apoquentem; que...

Vieram os soluços e Magdá principiou a excitar-se.

— Então, minha filha, que tolice é essa?

— É que eu não posso ouvir falar assim comigo!... Bem sabem que estou nervosa! bem sabem que estou doente!

— Sim, sim, tens razão... Passou! Passou!

E o Conselheiro, deveras surpreso com aquelas esquisitices da filha, espantado por vê-la fazer-se tão humilde, tão coitadinha, puxou-a brandamente para junto de si e afagou-a como se estivesse a consolar uma criança.

— Acabou! Acabou!

Magdá chorava com a cabeça pousada no colo dele.

O HOMEM

— Então, então, não te mortifiques... Aqui ninguém faz senão o que for do teu gosto... Vamos, não chores desse modo...

Magdá chorava mais.

— Então, minha filha, então!

Qual! O resultado foi passar pior esse dia e aumentarem as suas rabugices no dia imediato: — Que desejava morrer! — Acabar logo com aquela miserável existência! Que ali todos já estavam fartos de a suportar! Que todos se aborreciam com ela e procuravam meios e modos de contrariá-la, só para ver se a despachavam mais depressa! Que bem quisera recolher-se a um convento, mas não lhe deixaram! Pois antes tivessem consentido, porque agora até a própria criada parecia fazer-lhe um grande obséquio, quando era obrigada a ter um pouco mais de trabalho com ela.

No fim das contas apareceu-lhe de novo a tal febre de caráter especial; agora, porém, com delírios e movimentos luxuriosos, sobrevindo uma profunda letargia, contra a qual eram inúteis todos os recursos do médico.

Parecia morta. No fim de longas horas de esforços, o Dr. Lobão, já desesperado, teve, a contragosto, de aceitar o conselho de um seu colega ainda moço e de idéias modernas — a compressão do ovário.

Efeito pronto: Magdá tornou a si depois da operação, livre já perfeitamente das impertinências e infantis rabugices, que tivera antes da febre. Voltara à sua habitual gravidade, às suas maneiras austeras de fidalga enferma; mas começou a sentir-se vagamente magoada nos melindres do seu pudor: queria parecer-lhe adivinhava que, durante a inconsciência da sua anestesia, o insolente do médico a devassara toda; sentia ainda nos lugares mais vergonhosos do corpo a impressão de mãos estranhas que os apalparam e comprimiram. E a idéia de que alguém a vira descomposta

72 OBRAS COMPLETAS DE ALUÍSIO AZEVEDO

e que lhe tocara nas carnes, revoltou-a como imperdoável ultraje feito à sua honra e ao seu orgulho de mulher pura. Todavia não se achava com coragem de interrogar ninguém a esse respeito, e, foi tal o seu vexame, que a infeliz escondeu-se no quarto, a chorar de acanhamento e raiva.

— Oh! exclamou o doutor, quando o Conselheiro lhe deu conta disto: — Eu punha-a esperta e sã em pouco tempo, se me dessem carta branca para isso! A questão dependia toda do enfermeiro que lhe arranjasse! Aquelas lamúrias e aquelas lágrimas ir-se-iam logo embora com a primeira semana de lua de mel!

No entanto, Magdá continuava a sofrer: a tosse não a deixava senão quando ela se recolhia à cama; deitada não tossia nunca, mas em compensação, aparecia-lhe uma espécie de asma. Agora, uma das suas manias era por-se à janela do quarto e aí permanecer horas e horas esquecidas, a ver o serviço da pedreira que ficava defronte, olhando muito entretida para os cavouqueiros, e ouvindo a toada que eles gemem quando estão minando a rocha para lhe lançar fogo. Parecia gostar de ver os trabalhadores; como que lhe aprazia aquela rica exibição de músculos tesos que saltavam com o pêso do macete e do furão de ferro, e daqueles corpos nus e suados, que reluziam ao sol como se fossem de bronze polido.

E, quando alguém ia chamá-la para a mesa ou para conversar com o pai, respondia zangada, sem tirar os olhos da pedreira:

— Não posso ir! Deixem-me!

E se insistiam: — Ó senhores, que maçada! Não posso ir, já disse! Estou doente! — Oh!

Depois do ataque de letargia, foram voltando pouco a poucos as esquisitices de gênio e os caprichos de criança estragada de mimos; quase nunca se desprendia do

O HOMEM

73

quarto e, nas poucas vezes que lhe surgia por lá alguma
camarada dos bons tempos, por tal modo se mostrava
sêca e até grosseira, que a amiga tratava de abreviar a
visita e saía sem a menor intenção de voltar.

Nem mesmo a própria criada queria já suportá-la,
apesar de muito bem paga. "Pois não! Era uma im-
pertinência de todo o dia! um repelão por dá cá aquela
palha! — Se a gente não ia logo correndo saber o que
a serrazina queria quando chamava — tome sarabanda!
— Oh! Insuportável! Uma verdadeira fúria! De mais
a mais a "barata velha" ultimamente também dera para
ficar pior, e havia quase duas semanas que se não des-
grudava da cama nem à mão de Deus Padre!"

Pobre velha! consumia-se numa infernal complica-
ção de moléstias; eram intestinos, era cabeça, eram
pernas, era o diabo! Parecia uma decomposição em
vida: fedia como coisa podre! Já se não alimentava
pela boca; os seus gemidos eram arrotos de ovo choco,
e os humores que ela expelia por toda a parte do corpo
empestavam a casa inteira.

— Esta já não tem mais que esperar! declarou bem
alto o Dr. Lobão, olhando-a desdenhosamente por cima
dos óculos, como se a mísera fosse já um defunto e não
pudera ouvir-lhe a desumana profecia. — Está despa-
chada! A consumpção deu-lhe cabo do canastro!

Metia dó. Veio uma velhinha, sua camarada de
muitos anos, ajudá-la a morrer, e consigo trouxe desen-
ganados, porque a senhora tinha a mania de acompanhar
os últimos instantes de todas as amigas que se iam antes
dela. A casa parecia um hospital: sentia-se cheiro de
enfermaria e andavam todos sarapantados, cheios de
terror pela morte; de manhã à noite faziam-se rezas em
tôrno da doente. O Conselheiro quis que a filha se
afastasse daquele espetáculo e fosse passar algum

tempo em outra parte; Magdá opôs-se a pé firme e deixou-se ficar ao lado da tia, rezando com tamanho empenho que fazia crer que só com os seus esforços contava para salvar-lhe a alma.

O médico dissera a verdade: quatro dias depois da sentença lavrada por ele, D. Camila pediu um padre, muito aflita. Era já a morte que pegava de agoniá-la. Correu-se a chamar Nosso-Pai.

Não veio logo; e a moribunda, como quem está com o pé no estribo para um longa viagem e arrisca a partir sem levar um objeto que lhe há de fazer muita falta em caminho, remexia inquieta a cabeça sobre os travesseiros, lançando contínuos olhares de impaciência para a porta do quarto.

O Viático demorava-se.

O Conselheiro ia de vez em quando até a janela de uma das salas que davam para a rua e passeava ansioso pelo segundo andar.

— Chegou! disse por fim, retornando ao aposento da irmã.

Houve uma enternecida agitação. Ouviu-se o toque de uma campainha ecoando nos corredores da casa. e a velha Camila teve um suspiro de alívio. — Já não partiria sem a sua extrema-unção!

O padre entrou com os ajudantes, muito cerimonioso debaixo do pálio, agasalhando a Hóstia consagrada junto ao peito, com os cuidados de quem traz uma vasilha cheia até às bordas e não quer entorná-la. Fêz-se em redor dele e da paciente respeitoso silêncio; apenas se ouvia, além dos roncos da moribunda, a voz abafada do sacerdote, que resmungava numa alternativa de sussurros, ora mais alto, ora mais baixo, sem fazer pausas, como se estivesse contando intermináveis algarismos.

O HOMEM   75

A cerimônia durou pouco tempo e, quando o religioso se retirou com a sua comitiva, a velha parecia tranqüila, nem que houvesse tomado um milagroso remédio de efeito imediato. Magdá, por detrás dos pés da cama, orava, ajoelhada defronte de uma mesinha coberta por alva toalha de rendas sobre a qual um crucifixo, entre duas velas de cera que ardiam com pequenos estalinhos secos; tinha os olhos muito abertos e postos sobre a imagem do Crucificado, transbordando lágrimas que lhe rolavam silenciosas pela face; as mãos cruzadas sobre o peito numa postura de êxtase. O Conselheiro puxou uma cadeira para junto do leito da irmã e assentou-se, colocando a sua mão direita por debaixo do úmido crânio da agonizante; esta começou a agitar-se de novo nos travesseiros. Então, a velhinha amiga dela ajoelhou-se do lado oposto e obrigou-a a segurar nos dedos já sem vida uma das velas, que acabava de tirar de cima da mesa, e pôs-se a rezar em voz baixa. Camila rouquejava gemidos que iam se transformando num pigarro contínuo; as suas pupilas estavam já imóveis e veladas; escorria-lhe das ventas e da boca aberta, como um buraco feito na cara, uma grossa mucosidade esverdinhada e fedentinosa. Assim levou algum tempo, arquejando; até que afinal a respiração lhe foi aos poucos amortecendo na garganta, e até que os olhos espremeram a última lágrima e os pulmões sopraram o derradeiro fôlego.

Nessa ocasião, Magdá acabava de levantar-se e marcava compassos de música com o dedo sobre a mesinha, dançando com o corpo de um para o outro lado, numa cadência inalterável, sem tirar a ponta dos pés do mesmo lugar e movendo os calcanhares suspensos do chão.

— Um! dois! — Um! dois! — Um! dois!

Era um novo ataque de coréia.

VIII

Com a morte da velha Camila, despedira-se da casa a mulher que estava ao serviço de Magdá e fôra substituí-la uma rapariga ali mesmo da vizinhança.

— Justina, uma sua criada, para a servir.

Portuguêsa, das ilhas, forte, rechonchuda e muito amiga de conversar. Teria trinta anos, era viúva, com três filhos: o mais velho já encaminhado numa oficina de encadernador; o imediato morando com a madrinha em Bélem, e o mais novo, que ainda mal se agüentava nas pernas, acompanhava para onde ela ia.

— Não! Que isto de crianças, quando estão pequenas, as mães devem aturá-las! como não?

Diziam que fôra sempre mulher de bons costumes, e com efeito parecia, ao menos pela cara. Muito risonha, corada, dentes claros e olhos castanhos, um pouco recaídos para o lado de fora com uma natural expressão de lástima, que aliás não perturbava em nada a alegre vivacidade da sua fisionomia. Tinha papadas, e fazia rôscas no cachaço; uma penugem de fruta na polpa do queixo e dois pincéis de aquarelas nos cantos da boca. Quando andava tremiam-lhe os quadris como imensos limões-de-cheiro feitos de borracha.

Logo às primeiras palavras que ela trocou com Magdá mostrou-lhe simpatia. É que era justamente uma dessas criaturas vindas ao mundo para cuidar de doentes; naturezas que só amam deveras àquelas a quem devem muitas canseiras; que só amam depois de grandes sacrifícios; depois de muita noite perdida e muito sono interrompido. Nascera enfermeira, nascera para os fracos; gostava de encarregar-se de crianças e, quanto mais achacadazinhas fossem estas, tanto melhor. Os raquíticos, os aleijados, eram a gente da sua predileção. Com o leite do seu último pequeno criara um

O HOMEM

fedelho, que estava morre-não-morre quando lhe foi parar às mãos; pois ela, depois de salvar-lhe a vida, a custo de longos meses de desvelo sem descanso, tomou-lhe tal carinho que o queria mais do que ao próprio filho, um maroto este, forte e sadio como um bezerro. "Um coisinha ruim! afirmava rindo. — Não há mal que lhe entre! Nunca vi — nem chora, o brutinho, Deus me perdoe!"

Magdá quis saber onde é que ela estivera até então empregada; qual a casa donde vinha.

— Em parte alguma, não senhora. Morava com a tia Zefa ali mesmo defronte, naquela casinha de duas janelas com entrada pela estalagem.

— Que gente vem a ser essa?

— A tia Zefa é filha da Velha Custódia; lavadeiras, como não? Vêm já de trás estas amizades! Nós, por bem dizer, fomos criadas pela tia Zefa; foi de lá que eu saí para casar, e minha mana, a Rosinha, vosmecê não conhece, essa ainda mora com ela.

— Ah! Tem uma irmã...

— Então! Muito mais nova do que eu. Solteira, mas já tem o seu noivo. Não é por ser minha irmã, porém é uma rapariga que se pode ver! O Luís...

— Bem, bem! Você então traz um filho em sua companhia?

— Ora coitado! Não há de incomodar... E, se se fizer de tolo, carrego-o logo lá pra defronte, que a velha é perdida por ele. Se o é! Dá-lhe um tudo! Não viu vosmecê aquele chapeuzinho de pluma com que ele veio ontem? Pois quem foi que o deu? Foi ela!

E riu-se toda.

— Bem, bem, trate de ir buscar o que é seu e tome conta desse quarto aí ao pé, porque, não sei se sabe, você tem de fazer-me companhia à noite. Ando muito doente e às vezes é preciso que me dêem o remédio, compreende?

78 OBRAS COMPLETAS DE ALUÍSIO AZEVEDO

— Como não, minh'alma? Pode vosmecê ficar descansada por esse lado, que esta que aqui está não lhe dará razões de queixa!

E já parecia radiante com aquela expectativa de ter uma enferma à sua guarda. Uma enferma nas condições da filha do Conselheiro era o seu ideal. E, por cima de tudo, "bom ordenado, comida com fartura, seu copo de vinho ao jantar e daí até quem sabe? talvez seu vestidinho de vez em quando..."

— Não há dúvida, concluiu, foi um bom achado!

Um achado! Ela é que foi um bom achado para Magdá. Esta nunca houvera tido criada tão alegre, tão amorosa e tão diligente no serviço.

Além de que: muito sã, muito limpa e muito séria. Perto daquela figura socada, de carne esperta e luzenta, a pobre senhora ainda parecia mais magra e mais pálida; gostava, porém, de senti-la ao seu lado, aquecer-se naquela calor de saúde, parasitar um pouco daquele húmus ressumbrante de seiva, sorver aquela forte exalação sanguínea de fêmea refeita e bem adubada.

Nunca entravam em confidências e palestras, que a orgulhosa filha do Conselheiro não dava para essas coisas; mas a mesquinha enferma gostava de deitar-se sobre um tapete no chão, defronte da janela do quarto, e aí ficar cismando nos seus tédios, com a cabeça pousada no morno e carnudo regaço de criada. Às vezes adormecia assim e então abraçava-se com ela e enterrava o rosto entre as almofadas dos seus peitos, respirando com um regalo inconsciente de criança que já não mama, mas ainda gosta de sentir ao pegar no sono a calentura do colo materno.

E breve, Justina era tão indispensável para Magdá, quanto uma ama a um órfãozinho recém-nascido. A infeliz moça passava agora muito melhor; conseguia ficar com algumas coisas no estômago e tinha certa regula-

O HOMEM 79

ridade no sono. Um dia, em que a rapariga lhe pediu
licença para ir a Belém ver o filhinho que estava à
morte, ela quase que teve um ataque, tal foi a sua contrariedade.

— É por pouco tempo... esclareceu aquela. — Eu
volto logo. Três dias ou quatro, quando muito: demais
deixo uma outra no meu lugar...

Foi, sempre foi, mas à senhora tanto custou a sua
ausência que jurou nunca mais consentir que de novo
se separassem. Ficou nervosa e impertinente que cau-
sava pena. Veio-lhe outra vez a mania das rezas, voltaram-lhe os monólogos a meia voz e os sobressaltos
sem causa aparente.

— Maldito pequeno! Lembrar-se de cair doente!
e logo agora!

A Justina demorou-se mais do que contava. Uma
semana depois da sua partida Magdá, que não havia
comparecido ao almoço, fez voltar o lanche das duas da
tarde, que o pai lhe mandara levar ao quarto. — Não me
aborreça! gritou ela à substituta da Justina; uma sujeita alta, ossuda, de nariz comprido e mal encarada.
Cheirava a morrinha de cachorro. Magdá não a podia
ver.

— Saia daqui! Não ouviu?

A mulher observou com a sua voz grossa e com-
passada:

— O senhor disse para a senhora não deixar de
tomar ao menos o caldo, que foi temperado por ele.

— Papai que me deixe em paz! Ponha-se lá fora!
Ponha-se lá fora!

A criada saiu, tesa que nem um granadeiro, a res-
mungar com a bandeja nas mãos; e Magdá fechou a
porta sobre ela, com estrondoso ímpeto, atirando-se
depois no divã e sacudindo a cabeça como se estivesse
sufocada.

80   OBRAS COMPLETAS DE ALUÍSIO AZEVEDO

— Que gente, meu Deus! Que gente!

E levou uma boa hora a fitar um só ponto, com os olhos apertados e as sobrancelhas franzidas e mais retorcidas que um recamo japonês. Ergueu-se afinal, inteiriçada num espreguiçamento suspirado e longo, deu em seguida alguns passos indolentes pela alcova, tomou um resto de leite frio que havia numa xícara sobre a mesa, e encaminhou-se sonâmbulamente para a janela. Aí encostou o rosto entre dois varões da grade e segurou-se com as mãos nos outros que ficavam mais próximos.

— Ah!... respirou, igual ao cego que obtém, depois de grandes esforços, chegar ao ponto em que deseja. E olhou à toa para os fundos do céu que se estendiam lá por detrás do horizonte. E seu olhar pelo espaço, perdido como andorinha doida a que roubassem o ninho, percorrendo inquieta e tonta, de um só vôo, léguas e léguas de azul, até ir afinal cair prostrada, de asas bambas, no cimo da pedreira que lhe enfrontava com a janela.

Prendeu-lhe toda a atenção o que se passava ali: os trabalhadores suspendiam por instantes o serviço, alvoroçados com a chegada de uma raparigona que lhes levava o jantar. Que alegria! A cachopa era sem dúvida mulher de um deles, o mais alto e mais barbado, porque ela, mal soltou no chão o cesto da comida, lhe arrumou com uma carícia de gado grosso um murro nos rins, e retraiu-se logo, a rir, toda arrepiada, esperando que o macho correspondesse. Este cascalhou uma risada de gozo alvar e ferrou-lhe na anca a sua mão bruta de cavouqueiro, tão encrostada e escamosa, que se não podia abrir de todo. Depois: acercaram-se de um pedaço de pedra, em que a mulher foi depondo o que trouxera na cesta; e de cócoras, ao lado uns dos outros,

O HOMEM

81

puseram-se todos a comer sofregamente, no meio de muito rir e palavrear de boca cheia.

Magdá, sem conseguir escutar o que eles tanto conversavam, não lhes tirava os olhos de cima, profundamente entretida a ver aquilo. E, coisa estranha, em tal momento daria de bom grado os melhores diamantes que possuía para ter ali um pouco do que eles comiam lá no alto da pedreira com tanta vontade. Ela, que já não podia sofrer os imaginosos acepipes da mesa de seu pai, sentia vir-lhe água à boca pela comida dos trabalhadores, e até parece incrível, tinha desejos de beber da mesma garrafa em que eles bebiam pelo gargalo, fazendo questão para que nenhum lograsse ao outro.

No dia seguinte, justamente àquelas horas, apresentou-se ao pai, já vestida e pronta para sair.

— Bravo! exclamou o Conselheiro, surpreendido pela novidade. — Bravo! muito bem!

E marcou apressado a página do livro que estava lendo, e, como se temesse que a filha mudasse de resolução, correu logo a buscar o chapéu e a bengala. "Ora até que enfim aquela preguiçosa se resolvia a passear!"

Quando se acharam na rua, Magdá foi tomando a direção da pedreira; o pai acompanhou-a sem proferir palavra. Só pararam lá perto.

O morro, com as suas entranhas já muito à mostra, arrojava-se para o céu, como um gigante de pedra violentado pela dor; via-se-lhe o âmago cinzento reverberar à luz do sol, que parecia estar doendo. E enormes avalanchas de granito, ruídas e arremessadas pela explosão da pólvora, acavalavam-se de cima à base da rocha, lembrando estranha cachoeira que houvera-se petrificado de súbito. Cá embaixo, daqui e dali, ouviam-se retinir ainda o picão e o macete, e lá no alto, no escalavrado cume do penhasco, quatro homens, agarrados com todos os dedos a um imenso furão de ferro, abriam penosamente uma nova mina no granito, gemendo em tom monótono e arrastando uma loada lúgubre.

De cada vez que eles suspendiam a formidável barra de ferro para deixarem-na cair novamente dentro do furo, recomeçava o coro lamentoso que, de tão triste, parecia uma súplica religiosa.

— Vamos lá?... propôs Magdá ao pai, depois de admirar de perto aquele monstro que ela contemplava todos os dias da janela gradeada do seu quarto.

— Onde, minha filha?... perguntou o Conselheiro, sem ânimo de acreditar no que ouvia.

— Lá em cima, onde aqueles homens estão brocando a pedra. Quero ver aquilo.

— Estás sonhando, ou me supões tão louco que consinta em tal temeridade? Esta pedreira é muito alta!

— Não faz mal...

— Sentirias vertigens antes de chegar ao fim!

— Mas eu quero ir!

— Deixa-te disso.

— Ora que me hão de contrariar em tudo!

— É que é uma imprudência sem nome o que desejas fazer, minha filha!

Já amuada, soltou-se do braço do pai e correu para os lados por onde se subia à montanha.

— Espere aí! gritou o velho, tentando alcançá-la; espera aí, caprichosa! Eu te acompanho!

A caprichosa havia galgado o primeiro lance de pedra.

A subida foi penosa.

Ah! o caminho era muito estreito, irregular e coberto de calhaus. O pé às vezes não encontrava resistência, porque o cascalho rodava debaixo dele.

Mas subiam. Magdá, sem querer dar parte de fraca, segurava-se arquejante ao braço do pai; este

O HOMEM 83

mesmo, porém, sabe Deus com que heroísmo conseguia
não perder o equilíbrio.

— Vamos adiante! Vamos adiante! dizia ela, quase sem fôlego.

— Descansemos um pouco, minha filha.

Não, ela não descansaria, enquanto não alcançasse
o morro. Felizmente o caminho em cima era quase
plano e com pequeno esforço chegava-se daí ao lugar
onde trabalhavam os quatro homens. Mais um arranco,
e lá estariam.

Afinal conseguiram chegar. Mas, ah! quando a
pobre Magdá, toda trêmula e exausta de forças já no
tope da pedreira, defrontou com o pavoroso abismo que
se precipitava debaixo de seus pés, soltou um grito rápido, fechou os olhos, e teria caído para trás, se o Conselheiro não lhe acode tão a tempo.

— Magdá, minha filha! Então! então!

Ela não respondeu.

— Está aí! está aí o que eu receava! Lembrar-se
de subir a estas alturas!... E agora a volta...?

— Pode vossência ficar tranqüilo por esse lado,
arriscou um dos cavouqueiros, que se havia aproxima
do, a coçar a cabeça. — Se vossência quiser, eu cá estou
para pôr esta senhora lá embaixo, sem que lhe aconteça
a ela a menor lástima.

— Ainda bem! respondeu S. Exa. com um suspiro
de desabafo.

O trabalhador que se ofereceu para conduzir Magdá era um moço de vinte e tantos anos, vigoroso e belo
de força. Estava nu da cintura para cima e a riqueza
dos seus músculos, bronzeados pelo sol, potenteava-se livremente com uma independência de estátua. Os cabelos, empastados de suor e pó de pedra, caíam-lhe em
desordem sobre a testa e sobre o pescoço, dando-lhe à
cabeça uma satírica feição de sensualidade ingênua.

84 OBRAS COMPLETAS DE ALUÍSIO AZEVEDO

— Vamos! Vamos! apressou o Conselheiro, entregando-lhe a filha.

O rapaz passou um dos braços na cintura de Magdá e com o outro a suspendeu de mansinho pelas curvas dos joelhos, chamando-a toda contra o seu largo peito nu. Ela soltou um longo suspiro e, na inconsciência da síncope, deixou pender molemente a cabeça sobre o ombro do cavouqueiro. E, seguidos de perto pelo velho, lá se foram os dois, abraçados, descendo, pé ante pé, a íngreme irregularidade do caminho.

Era preciso toda atenção e muito cuidado para não rolarem juntos; o moço fazia prodígios de agilidade e de força para se equilibrar com Magdá nos braços. De vez em quando, nos solavancos mais fortes, o pálido e frio rosto da filha do Conselheiro roçava na cara esfogueada do trabalhador e tingia-se logo em cor-de-rosa, como se lhe houvera roubado das faces uma gota daquele sangue vermelho e quente. Ela afinal teve um dobrado respirar de quem acorda, e entreabriu com volúpia os olhos. Não perguntou onde estava, nem indagou quem a conduzia; apenas esticou nervosamente os músculos num espreguiçamento de gozo e estreitou-se em seguida ao peito do rapaz, unindo-se bem contra ele, cingindo-lhe os braços em volta do pescoço com a avidez de quem se apega nos travesseiros aquecidos para continuar um sono gostoso e reparador. E caiu depois num fundo entorpecimento, bambeando as pálpebras; os olhos em branco, as narinas e os seios ofegantes; os lábios secos e despregados, mostrando a brancura dos dentes. Achava-se muito bem no tépido aconchego daquele corpo de homem; toda ela se penetrava do calor vivificante que vinha dele; toda ela aspirava, até pelos poros, a vida forte daquela vigorosa e boa carnadura, criada ao ar livre e quotidianamente enriquecida pelo trabalho braçal e pelo pródigo sol americano. Aquele calor de carne sã era uma esmola atirada à fome do seu miserável sangue.

E Magdá, sentindo no rosto o resfolegar ardente e acelerado do cavouqueiro, e nas carnes macias da garganta o roçagar das barbas dele, ásperas e maltratadas, gemia e suspirava baixinho como se estivessem a acarinhá-la depois de longa e assanhada pugna de amor.

Quando o moço, já em baixo, a depos num banco de pedra que ali havia, a enferma abriu de todo os olhos, deixou escapar um grito e cobriu logo o rosto com as mãos. Agora não podia encarar com aquele homem de corpo nu que ali estava defronte dela, a tirar com os punhos o suor que lhe escorria em bagas pela testa.

Chorou de pejo.

O seu pudor e o seu orgulho revoltaram-se, sem que ela soubesse determinar a razão por que. Uma cólera repentina, um sôfrego desejo de vingança, enchiam-lhe a garganta com um novelo de soluços. O pranto parecia sufocá-la quando rebentou.

— Eu magoei-a, ó patroazinha?... perguntou o trabalhador com humildade, quase sem poder vencer ainda o cansaço. E o imprudente tocou com a mão no ombro de Magdá, procurando, coitado, dar-lhe a perceber o quanto estava consumido por vê-la chorar daquele modo. Ela estremeceu toda e fugiu com o corpo, nem que se houvessem chegado um ferro em brasa; e abraçou-se ao pai, escondendo no peito deste os soluços que agora borbotavam sem intermitência.

O pobre cavouqueiro com o peito para cima e para baixo, quedava-se a olhar para os dois com uma cara palerma de desgosto. E assim que ele fazia o menor movimento de corpo, a senhora retraía-se assustada e enterrava mais a cabeça entre os braços do Conselheiro. Foi preciso que este o afastasse dali, dizendo-lhe que lhe aparecesse logo mais em casa para receber uma gorjeta.

Mal se pilhou no quarto, Magdá foi estraçalhando as roupas, como se as trouxera incendiadas; mas sentia também nos seus cabelos, no seu rosto, em toda ela, o mesmo cheiro de animal suado, o mesmo enjoativo bodum de carne crua. Parecia-lhe mais — que a sua própria transpiração já tresandava àquele mesmo fartum do môço da pedreira.

— Diabo! diabo! diabo!

E os movimentos que fazia para sacar a camisa eram tão violentos, que ela parecia querer arrancar até a própria pele do corpo.

Um malquerer desnorteado, contra tudo e contra todos, apoderou-se do seu espírito. Estava furiosa e mais ainda por não saber contra quem e contra o quê. Não podia queixar-se a ninguém, nem de ninguém, e sentia-se no entanto ofendida, ultrajada, no seu orgulho e no seu pudor. A vontade que tinha era de mandar matar no mesmo instante aquele maldito homem — para nunca mais o ver, para nunca mais o sentir.

Só depois de muito bem lavada e coberta de perfumes, recolheu-se à cama, ainda estrangulada de raiva. Também, foi só adormecer e começou logo a sonhar com o amaldiçoado cavouqueiro.

IX

Sonhou com ele a noite inteira; mas que sonhos! E o melhor é que então o pobre diabo lhe já aparecia não por um prisma repugnante; ao contrário, imaginando-se ao lado daquele corpo robusto, Magdá sentia todo o seu organismo rejubilar de satisfação, ainda melhor do que quando se aninhava no colo da Justina. Perto dele gozava, em sonho, um bem-estar de calmo

O HOMEM 87

conforto, como o dos tísicos junto aos bois, na morna atmosfera dos currais.

Tanto o amaldiçoara acordada, quanto o estremecera durante o sonho; este contudo nem sempre foi agradável e em certas fases orçara até pelas horripilações do pesadelo.

Começou vendo-se no alto da pedreira, a olhar para o espaço, justamente como acontecera na realidade; mas a pedreira afigurava-se-lhe agora três ou quatro vezes maior. De repente, faltava-lhe o terreno debaixo dos pés, e ela cai, não para trás e sim de frente — no ar. Nisto, uma garra fortíssima empolga-lhe as roupas das costas, sustentando-lhe a vertigem da queda, sem todavia impedir que ela continue a resvalar; mas já não cai, desliza suavemente, como se estivesse voando. Um braço musculoso cinge-lhe as curvas dos joelhos, outro toma-a pela cintura e o seu colo é recebido em cheio por um largo peito nu, onde há cabelos que lhe põem cócegas na pele. Magdá ri com as cócegas, e sua cabeça repousa num táureo pescoço de Hércules, cujo suor lhe umedece as faces. E, assim abraçados, deslizam voluptosamente no espaço, descendo numa embriagadora delícia de vôo contínuo.

O vôo dura um tempo infinito. E ela, como receando ficar desamparada, trata de agarrar-se ao outro o melhor que pode. Estreitam-se mais.

E mais.

Há já um princípio de frenesi no modo por que se estreitam. A moça procura com ânsia unir-se bem ao corpo do cavouqueiro; quer que os seus peitos lhe fiquem bem colados ao peito; quer que os seus braços sintam em toda a extensão a carne das espáduas do homem; que a sua barriga se ajuste à dele e que as suas coxas lhe apalpem os rins.

88 OBRAS COMPLETAS DE ALUÍSIO AZEVEDO

E continuaram a descair, a descair, sem parar nunca. Magdá sente nas faces uma impressão desagradável de frio; sela imediatamente o rosto contra o outro rosto, e deixa-se aquecer, ao calor de beijos. Então os seus olhos desmaiam de gosto; as suas narinas arfam com mais força, porque ela não pode respirar pela boca, que está toda tomada pela outra boca. Um arrepio percorre-lhe o corpo, agitando-o até na mais pequenina fibra; e o seu sangue enlouquece; e suspiros quebram-se-lhe na garganta, desfazendo-se em gemidos. E estreitam-se mais. E unem-se mais. E unem-se. E confundem no ar os membros enleados e trêmulos. O cavouqueiro soluça, arqueja; ela já não tem uma só parte de si em que não o sinta. E, de improviso, um violento sopro da vida a invade toda, esquentando-a por dentro, penetrando-lhe as vísceras, soprando-lhe nas veias um calor estranho, alheio, que a ressuscita e faz saltarem-lhe dos olhos lágrimas de gozo.

Terminaram caindo, ainda abraçados, aos pés do Conselheiro, que os esperava lá embaixo, vestido com uma túnica vermelha e agitando na mão, colericamente, a sua grossa bengala de cana da Índia. Magdá escondeu o rosto. Mas desta vez não era o moço da pedreira quem lhe fazia vexame, era o próprio pai; não foi, pois, o colo deste que ela agora procurou para ocultar o orvalho do seu pudor, foi o colo do outro.

Houve um duro silêncio, durante o qual S. Exa. cujas barbas haviam crescido muito, e cuja calva reluzia que nem a de um patriarca da Bíblia, olhava, ora para a filha, ora para o rapaz, como se estivesse a compará-los.

— Com efeito!...

E sacudia a cabeça, e esticava os beiços, sem desviar a vista. No capricho do sonho, o pobre Conselheiro

O HOMEM

tinha perdido as suas maneiras distintas e afáveis, e até no modo de se exprimir era grosseiro e burguês.

— Com efeito!... repisou ele, estalando um riso de sarcasmo. — É até onde pode chegar o aviltamento!... Dar-se a um trabalhador da mais baixa espécie!... É inacreditável!

— A culpa não foi minha, papai...

— Cale-se! Não sei onde estou, que lhe não quebre esta bengala nas costas!

— Creia, patrão, que... ia a arriscar o rapaz.

— Ó tratante! berrou o velho. — Ainda te atreves a abrir o bico? Ora, espera que te ensino!

E cresceu para o môço, que o esperou sem tugir nem mugir, com o aspecto resignado de uma besta que tem dono. Magdá, porém, já se havia metido entre os dois e, de joelhos, chorando, abraçava-se às pernas do patriarca.

— Piedade, meu pai! piedade!

— Qual piedade, nem qual carapuças! Não fosse tão assanhada!

— Tenha compaixão de dois infelizes, cuja falta foi só uma e única...

— E acha pouco, sua desavergonhada? Acha talvez que esta não basta para me fazer subir ao arame! Tem graça!

E, enquanto a filha soluçava, sem erguer os olhos:

— Ingrata! Eu a matar-me para a fazer gente; para lhe dar uma certa educação — e ela a meter-me os pés! Criar uma filha com tanto carinho, para vê-la depois entregue a um homem de pedreira!...

— Perdoe, meu pai!

— Não perdôo nada!

— Juro-lhe que não tenho culpa do que sucedeu...

90 OBRAS COMPLETAS DE ALUÍSIO AZEVEDO

— Perversa! Eu a sacrificar-me para instruí-la e arranjar-lhe um futuro, e ela a sujar-se de lama e a cobrir-me de vergonhas!

— Não fui eu, papai, foi a minha natureza; foi a minha carne; foram os meus sentidos!...

— Qual carne, nem qual sentidos! A patifaria tem sempre desculpas!

Fez uma pausa e prosseguiu depois, comovendo-se, malgrado seu: — Dei-lhe tudo o que se pode desejar! foi já o professor de piano; foi já o professor de canto; foi já o mestre de desenho! E venha o explicador de francês! E venha outro para história e geografia pátria! E outro para isto! E outro para aquilo! E compre-se mais este dicionário! E assine-se mais este jornal! E corra-se ao Castelões a buscar o camarote do Lírio! E olhe o carro que não esqueça! E veja essa luva de vinte botões que saia! E venha a bela da jóia! E venha o belo vestido de seda! E olhe o chapéu à Sarah Bernhardt! E olhe as regata! E olhe as corridas! E dêem-se festas todos os meses! E façam-se viagens... Europa! — E tudo isto afinal pra quê? — Sim! tudo isto pra quê?! Só quero que me digam de que serviu tanto sacrifício!

— Perdoe-me!

— Não! não perdôo, nem devo perdoar! Se queria casar, há muito tempo que o podia ter feito; o que lhe não faltou foram pretendentes! A senhora torceu o nariz a todos! E, logo que o Dr. Lobão me fez ver a necessidade urgente de uni-la a alguém, trouxe-lhe o meu amigo José Furtado!

— Um velho!

— Não será uma criança, mas também não é nenhum bisavô! Outra qualquer o teria agarrado com unhas e dentes! Um homem de conta, peso e medida!

O HOMEM 91

— Pudera! Principiou a vida a limpar pesos e balanças!

— E que tem isso? Um homem honrado, trabalhador e econômico. Entrou na vida com um barril às costas, mas hoje é uma das mais sólidas fortunas do Rio de Janeiro!

— Não é de dinheiro que eu preciso!

— Pois então casasse com o Dr. Tolentino...

— Um defunto!

— Defunto! Não terá uma saúde perfeita, coitado, mas é uma das mais bem constituídas cabeças do Brasil. Muito talentoso, muito ilustrado! membro da Sociedade de Geografia de Lisboa, e consta até que vai receber diploma de sócio não sei de que importante congregação científica da Bélgica!

— Também não é de ciência que eu preciso!

— Nesse caso, por que não aceitou o Conde do Valado?

— Um libertino!

— Não é tanto assim.

— Um vicioso comum que, se deixa de falar um instante em cavalos, é para discutir cocotes.

— Que exagero! Não direi que os seus costumes sejam tão puros como os do comendador José Furtado ou como os do Dr. Tolentino, mas é um moço ilustre, descendente em linha reta de uma das mais importantes casas de Portugal. Seus avós figuram todos na história e o seu nome tornaria fidalga a mulher que o possuísse!

— Eu não preciso de nobreza!

— Não precisas de nobreza; não precisas de ciências; não precisas de dinheiro! Então de que diabo precisas tu?

— De um homem...

— Um homem! Quanta desfaçatez! Do que precisavas, grandíssima desavergonhada, era de uma boa carga de pau, para te apagar o fogo do rabo!

E o velho, possuindo-se de novo acesso de cólera, estendeu o braço, enxotando a filha e mais o moço da pedreira.

— Já! Rua, seus bandalhos! E que eu nunca mais lhes ponha a vista em cima! Estão amaldiçoados!

— Meu pai! meu pai!

— Aqui já não há pai, nem mãe! Não sou pai de mulheres à-toa! Ponham-se a andar, e que sejam muito felizes! Boa viagem!

— Deixe-me ao menos ir lá dentro buscar as minhas jóias, um pouco de roupa e os meus livros...

— Jóias, roupas, livros! para quê? A senhora já não tem tudo quanto deseja, para que mais?... As boas roupas fizeram-se para os nobres, as jóias para os ricos e os livros para os sábios! A senhora nada tem que ver com esta gente e com estas coisas! Só queria "um homem", pois já o tem! É andar! Ele que lhe compre jóias; que se encarregue de vesti-la, de sustentá-la e de consolá-la. Tem obrigação disso; e, se não dispõe de meios, invente-os — trabalhe! Se não puder tratá-la a bicos de rouxinol, comam feijão com carne seca, que a senhora tem obrigação de contentar-se com o que ele lhe der! É o "seu homem" e, por conseguinte, é quem de hoje em diante a governa com direito de vida e de morte! Acompanhe-o submissa para onde ele for, seja para o inferno ou seja para o paraíso! A partir deste momento — o seu destino é o dele! E deixem-me!

— Meu pai!

— Foi tempo! Nada mais há de comum entre nós! Para continuar a ser seu pai, seria preciso que eu me fizesse pai também daquele pedaço d'asno; e eu não quero ter filhos de tal espécie!

O HOMEM

E S. Exa., notando que Magdá não se resolvia a largar-lhe as pernas e continuava a chorar, ordenou, voltando-se para o cavouqueiro:

— Olá, seu coisa! Tome conta dessa mulher! É sua! Pode levá-la para onde bem entender!

— Ah! exclamou a filha, caindo por terra, de borco, com os braços estendidos no chão, enquanto o velho, arrepanhando a sua túnica da cor simpática às histéricas, se afastava para casa, muito fresquinho e muito senhor de si, assoviando de cabeça empertigada, nem como se a coisa tivera sido com ele.

Magdá permanecia de bruços, a soluçar. Então o moço da pedreira inclinou-se sobre ela e deu-lhe com toda delicadeza um ósculo nos cabelos. Depois tomou-a ao colo e pôs-se a caminhar, vagarosamente, muito vagarosamente, na direção da fatal montanha onde ele trabalhava. E toda a natureza, que parecia haver entristecido e tomado luto com a maldição do velho, começou a reanimar-se e rir de novo, tingindo-se de luz purpúrea e entoando em voz baixa epitalâmios sensuais. E os dois, abraçados, formando um só grupo, lentamente penetraram numa deliciosa alameda de laranjeiras, cujo galhos se vergavam na sua passagem para lhes beijar a fronte, derramando-lhes sobre a cabeça uma odorífera chuva de flores, desfolhadas. E do céu baixava doce harmonia religiosa, que parecia balbuciada por uma nuvem de anjos.

Nisto — despertou.

Circunscreveu o olhar em torno de si, reconhecendo a custo a própria alcova. O seu pequeno relógio Luís XV, de bronze dourado, marcava, no mostrador de porcelana de Sèvres esmaltada, meia hora depois do meio-dia. Uma cortina cinzenta, de seda de Leão, quebrava na janela a luz que batia de fora, e dava ao quarto o tom opalino de um crepúsculo de inverno. Magdá suspirou, espreguiçando-se. O drama fantástico de toda aquela noite dissolvera-se: teatro e personagens desapareceram. Mas ouvia-se ainda, bem distintamente, o tal coro religioso que baixara dos céus para solenizar a sua passagem na encantada alameda; a moça soergueu-se no leito, concheando a mão no ouvido que ficava do lado da janela e, meio maravilhada, pôs-se a escutar com atenção aquela tristonha cantilena que persistia ali, na vida real, como um prolongamento do sonho.

Caiu logo em si: era a toada melancólica dos trabalhadores que minavam a pedreira. E ela deixou-se tombar de novo sobre os travesseiros e aí permaneceu, com os olhos muito quietos, enquanto duas lágrimas lhe serpeavam ao comprido das faces.

Oh! Sentia-se profundamente envergonhada do que sonhara a noite inteira.

— Minh'alma, rosnou a nova criada, afastando o reposteiro da porta com a cabeça — o senhor mandou perguntar como vosmecê passou de ontem pra hoje.

— Diga-lhe que pode vir daqui a pouco, e você volte já para me vestir.

Quando se achou preparada, foi esperar o pai na saleta contígua à sua alcova.

— Então, minha filha, como passaste a noite.

— Bem, respondeu ela, beijando-lhe a mão.

— Dormiste?

— Bastante.

— Pareces-me, no entanto, fatigada... Como te sentes hoje de humor!

— No mesmo.

— Aquela loucura de ontem...

Magdá estremeceu e abaixou as pálpebras. Dir-se-ia que o pai lhe lançava em rosto uma falta humilhante.

O HOMEM 95

— Ficaste tão apreensiva com a tal subida da pedreira, que...

— É melhor não falarmos mais nisso...

E tomou as mãos do Conselheiro, fazendo-o chegar-se para bem junto dela. E, depois de contemplá-lo em silêncio com um meio sorriso, abraçou-o, demoradamente, como se procurasse ficar convencida por uma vez de que aquelas tolices do sonho não tinham o menor fundamento, e que seu pai, o seu extremoso pai, a quem tanto queria do fundo do coração, ainda ali estava a seu lado, para amá-la como sempre e protegê-la contra o maldito intruso que habitava dentro dela e que a consumia para alimentar-se.

— O senhor é muito meu amigo, não é verdade, papai?...

— Ora! Que pergunta, minha filha!

— Diga!...

— Pois ainda não tens certeza disso?

— E o senhor seria capaz de abandonar-me, capaz de desprezar-me, fosse lá pelo que fosse?

— Mas que lembrança é esta, Magdá? Desprezar-te, eu? Enlouqueceste!

— Ama-me muito, não é verdade? Por coisa alguma desta vida seria capaz de enxotar-me da sua companhia, não é assim? Responda.

— Deixa-te de criancices, minha flor, e olha! — toma o teu chocolate que ali está esfriando há meia hora. Mas que é isto?... Choras?... Então! então! Que sentes tu, Magdá? Fala, meu amor.

Ela começou a soluçar.

— Nada! nada! nervoso! Acordei hoje muito nervosa!

— Mas não te aflijas deste modo. Vamos — toma o teu chocolate e desce comigo ao jardim. Anda! Vê

96 OBRAS COMPLETAS DE ALUÍSIO AZEVEDO

se consegues não pensar em coisas que te façam mal...
Não sejas criança...

O Conselheiro, à força de carinhos, conseguiu que
ela tomasse, além de meia chávena de chocolate, uma
colherada do xarope de Easton, que o Dr. Lobão havia
receitado.

E arrastou-a para a chácara.

Mas, pobre senhora! mal acabava de descer a escada do jardim, deu logo, cara a cara, com o moço da
pedreira, que ia buscar a espórtula prometida pelo Conselheiro.

— Ah! exclamou toda trêmula, corando e abaixando as pálpebras. E tratou de abraçar-se ao pai e
esconder a cabeça no colo deste, como na véspera, depois
da síncope.

O bom velho não pôde compreender o que era
aquilo.

— Tens alguma coisa? perguntou. — Sentes alguma novidade? Fala.

— Voltemos para cima! Voltemos para cima!
dizia a moça, aflita, sem mostrar o rosto.

O trabalhador, muito rendido, continuava defronte
deles, com os olhos em terra, a torcer vexadíssimo entre
as mãos o seu seboso casquete de pele de lebre.

— Ó patrão, se quer, eu apareço noutra ocasião...

— Sim, sim, é melhor, volveu o Conselheiro, muito
ocupado com Magdá.

— Não! acudiu esta, sempre com o rosto escondido.
— Despache-o por uma vez! Para que fazer este homem voltar ainda aqui?

Ao perceber uma pequena parte destas palavras, o
cavouqueiro fez uma careta que tanto podia ser de sur-
prêsa como de lástima, e resmungou meio ressentido:

— Vossência queira desculpar, mas eu, se aqui
vim, foi porque me disseram pra vir... Tinha que

O HOMEM 97

com isso não ofendia pessoa alguma... mas, à vista
de que ando mal, peço desculpa e o mais que posso fazer — é não tornar cá!

— Não! Opôs S. Exa. — Espere um instante. E,
passando o braço na cintura da filha, segredou ao ouvido desta: — Vamos, vamos lá para cima. Creio que
hoje não estás boa...

X

O cavouqueiro ficou a esperar no jardim, encos-
tado pr'ali numa árvore, e a fazer lá as suas conside-
rações.

— Que macacos o lambessem se entendia aquela
gente! A tal dos "me deixes" ficara a modos que assanhada quando ele lhe pôs a vista em riba! Pois estava
que não havia razão de zangar, antes pelo contrário —
havia pr'agradecer: Sim! Prestara-lhe um serviço;
não era lá nenhum grande serviço, mas enfim, que
diabo, na ocasião, ela não tinha quem a pusesse cá embaixo!

Tecia este raciocínio quando sentiu no ombro uma
palmada de mão polpuda.

— Estás a cismar, ó Luís!

— Olá, S'óra Justina! Bons olhos a vejam! Como chegou vosmecê?

Ela chegara, bem, graças a Deus.

— E o pequeno? Como ficou?

— Ora? Pronto pra outra!

— Vosmecê está chegando agora?

— Não. Já lá estive na estalagem com a tua gente.
Estão muito apertadas de serviço com a roupa de uma
família que embarca depois d'amanhã. E tu não foste
hoje ao trabalho?

98 OBRAS COMPLETAS DE ALUÍSIO AZEVEDO

— Já se vê que sim. Pus o casaco para vir aqui, mas volto.

— Isto é novidade...

— Não é nada, é que ontem a senhora aí de cima...

— Minh'ama...

— Deve ser — foi passear lá na pedreira e...

— Ah! Ela subiu à pedreira...?

— Subiu, mas caiu, logo com um faniquito: eu carreguei-a cá pra baixo. Vai então o pai — disse-me que lhe aparecesse para dar uma gorjeta, e eu vim. Ora aí tem vosmecê!

— 'Stá direito. Já falaste?

— Já, mas não entendo esta gente. Se a S'óra Justina chega um bocadinho antes, havia de presenciar o mais bonito!

— Qu'houve?

— Pois a moça não fez aqui umas partes?...

— Que foi, Luís?

— Pois não! Vinha descendo muito bem a escada e assim que me bispou — zás!

— Zás — como?

— Abriu a chorar que nem uma criança, e agora o verás!

— Coitada! Eu sei — é moléstia!

E a Justina comoveu-se. Sempre que lhe tocavam na ama, apertava mais as sobrancelhas e ficava com uma cara de profunda lástima.

— Arrenego de tal moléstia! replicou o trabalhador. — Uma coisa que dá para espantos, nem que a gente fosse alma do outro mundo! Olhe que se o pai não me dissesse para esperar aqui, juro-lhe que já cá não estava! Diabo de uma esganiçada, que parece que está parte não parte pelo meio! Ontem, quando a trouxe, tive medo de chegar cá embaixo com um pedaço em cada mão!

O HOMEM

— Não seja má língua, Luís! Não seria a primeira vez que perdesses por falar de mais! Se não fôra semelhante balda, estarias a esta hora casado já com a Rosinha...

— Ora, sua mana mesmo foi que teve a culpa! Ela gosta mais de falar do que eu!

— Como teve a culpa, se tu é que andavas todo o santo dia a debicar o Comendador? Pois não dizias a todo o mundo que ele era um sapo-boi e não o arremedavas lá na estalagem para quem queria ver?... A caçoada chegou aos ouvidos do homem, e ele deu o dito por não dito — não quis mais ajudar o casamento da afilhada... Fez muito bem! Tu, no caso dele, farias o mesmo! Como não?

— Sim, mas se sua irmã não fosse lá contar o que se fazia na estalagem, o homem não bufava e teria caído com os cobres para o enxoval!

— Fez de tola!

— Ah! mas deixe estar que o casório há de ser, mesmo sem a ajuda do sapo velho! O pobre também vive!

A outra era do mesmo parecer: — Como não? que isto de raparigas, a gente deve despachá-las logo, antes que o demo as tente!

E, vendo que um escravo do Conselheiro descia a escada. — Olha! Aí vem o negro com a tua gorjeta.

Com efeito, eram dez mil-réis que o pai de Magdá mandava ao cavouqueiro.

— Que fico muito obrigado, ouviu? E quando precisar, lá estou às ordens.

O escravo afastou-se.

— Vê lá agora se te metes hoje nalguma bebedeira!... observou Justina, a bater-lhe no ombro. — E até logo, que ainda me não apresentei à patroa!

Já a certa distância, parou, para gritar:

100 OBRAS COMPLETAS DE ALUÍSIO AZEVEDO

— Olha! dize à tia Zefa que não me deixe o pequeno socar-se muito de aipim, que foi isto o que derrubou o outro! E galgou de carreira a escadaria do Conselheiro, num ativo remeximento de quadris em evidência.

— Vou comprar um bilhete inteiro! deliberou consigo o Luís, guardando a cédula na algibeira.

Luís era filho da tia Zefa, e morava com esta, mais a avó e mais a Rosinha, irmã de Justina e noiva dele, na tal casita de duas janelas, com entrada pela estalagem que ficava em frente da chácara do Sr. Conselheiro. Viera novo para o Brasil, onde se achava perfeitamente aclimado; não sabia ler nem escrever; tinha, porém, força e saúde, "que é o principal para quem deseja ganhar a vida". O seu casamento estava já para se realizar havia um ano, porque Luís queria fazer coisa asseada. "Não! Que para um homem atrasar a vida, junto com a mulher, antes ficar solteiro! A pequena que esperasse, que o que tinha de ser dela às mãos lhe chegaria! Com outra não se casava — isso é que era dos livros! Ah! se a fortuna se lembrasse dele, já tudo estaria feito; mas o diabo da sorte andava arisca: todos os vigésimos da loteria, que ele comprava às ocultas da mãe e da avó, saíam-lhe brancos... Só mesmo podia contar com o triste peculiozinho do trabalho; o verdadeiro, por conseguinte, era ir se preparando aos poucos — hoje com uma coisa, amanhã com outra, conforme desse o cobre e conforme as pechinchas que aparecessem. Seu padrinho de batismo, um velhote apatacado que emprestava dinheiro a juros, esse prometera entrar com uma famosa cama de jacarandá, que tinha em casa e da qual não se servia desde a morte da mulher. Ah! este não era o Comendador! Muito seguro, muito apertado, não havia dúvida! mas, também, prometendo, podia a gente contar com o bruto. — A

O HOMEM 101

cama era certa! Ora, pois, com o dinheiro que lá estava na Caixa Econômica, ele teria um fato novo e um arranjo de roupa branca. Vinte e cinco mil-réis para um relógio de prata dourada, dos modernos. — Isso era sagrado! Porque ele não admitia que ninguém se casasse sem ter relógio e corrente. Corrente já tinha — cordão de ouro que foi do pai e que vivia fechado na cômoda da tia Zefa ao lado dos ouros da família."

E estava a ver defronte dos seus olhos todo aquele tesouro: grandes rosetas redondas e abertas, do tamanho de moedas de vintém; anelões de chapa em cima; um crucifixo de trazer ao pescoço em dias de festa; uma figa que era uma riqueza, no peso; um alfinete de peito representando um anjo a tocar trombeta; três pulseiras lisas e polidas; outras de coral com fecho de ouro; vários objetos de filigrana de prata fabricados no Porto, um paliteiro e três castiçais também de prata, sem contar com dois diamantezinhos que a vovó ganhara aos vinte anos, quando se casou, e que fazia questão de levá-los das orelhas para a sepultura. "Era lá mania da velhinha — respeitava-se!"

"Ora... a Rosinha, além de tudo, tinha também os seus cobritos juntos; por conseguinte, Luís, com mais algum tempo de economias, bem que podia casar com ela". Foi sacudido por este risonho raciocínio que o cavouqueiro, já de volta do serviço, entrou em casa às sete da noite, mais satisfeito que de ordinário, graças à gorjeta do pai de Magdá, e talvez por haver tomado depois do trabalho alguns martelos de vinho com os companheiros.

A pequena sentiu-lhe cheiro de bebida logo que ele entrou.

— An... an...! Você hoje entortou o cotovelo, heim, seu Luís? Muito bonito!

102 OBRAS COMPLETAS DE ALUÍSIO AZEVEDO

— Um nada! Foi para beber à saúde da moça dali defronte...

— A filha do Conselheiro... Ah! E deram a molhadura?

— Já se deixa ver que sim. Mas aviem-me esse jantar, que estou a tinir!

E assentou-se à mesa, que a tia Zefa cobria nesse instante com uma toalha de linho grosso, enquanto a Rosinha corria a buscar lá dentro a tigela da sopa. A avó chegou-se também para vê-lo comer, como fazia todos os dias. Uma velhinha engraçada, a vovó Custódia! — seca, pequenita, e pele enrugada que nem um jenipapo maduro; a cabeça que era um algodão; a boca fechando e abrindo sempre, e toda cheia de pregas, tal qual a boca de um saco fechado. Mas toda ela ainda esperta, agarrando-se à vida com as unhas, que os dentes já lá se tinham ido.

Sentia-se ali um cheiro especial de roupa engomada e de roupa lavada. Justificando esse cheiro, viam-se acumuladas por toda a parte, sobre as mesas, sobre as cadeiras, pilhas de camisas dobradas, montões de peças de roupa branca e, dependuradas de uma corda, pelo cós, muitas anáguas, muitas saias, penteadores bordados e vestidos de linho com guarnições de renda. Um candeeiro de querosene iluminava a pobre sala de duas braças de largura e três de comprimento, toda caiada de cima a baixo, e com uma pequena barra de roxo-terra. Havia um armário de pinho sem pintura, onde se guardava a louça, aquela grossa louça de doze vinténs o prato, e aquelas canecas de pó de pedra, onde eles tomavam café antes de levantar o dia. Na parede — uma gaiola de pindoba com um gaturamo. A casa constava ainda de duas alcovas e outra salinha; ao fundo um pequeno quintal que dava para o cortiço.

O HOMEM 103

Era propriedade da mãe de Luís; deixou-lha o marido, um ferreiro, que morreu de desastre.

O que o rapaz, enquanto jantava, falou a respeito das esquisitices da filha do Conselheiro, causou grande impressão na sua gente. Quiseram pormenóres; crivaram-no de perguntas: "Se Magdá tinha cara de doida; se era bonita; se se dava ao respeito". Luís respondia a tudo, devorando colheradas de feijão amassado com farinha.

— Pois a mana Justina diz que ela é muito boa, observou Rosinha. — E o caso é que lhe tem dado muita coisa! Ainda há dias mostrou-me um anel, que...

— Um anel? De ouro?

— Sim, senhora, de ouro! Juro por esta luz! Eu vi! Lindo! Com umas pedrinhas em cima!

A notícia do anel abriu um silêncio comovido.

A tia Zefa observou afinal:

— Aquela chorou na barriga da mãe! Tem muita sorte o diabo da rapariga! Hão de ver que ainda encontra marido, apesar dos filhos...

— Ora se encontra, respondeu Luís. — Isso é tão certo como me achar eu aqui! Pois não se vê como está o Manuel das Iscas por ela?... Não fala noutra coisa! "Porque a S'óra Justina pra cá! a S'óra Justina pra lá!" Até já fede!

— Que me estás tu a dizer, rapaz? *

— Ora! Caidinho! E, se ela o souber levar, apanha-o mesmo!

— Uma sorte grande! O Iscas tem já alguma coisa de seu!

— Olá! Só aquele correr de casas, que ele fez agora, dá-lhe com que passar mais duas vidas!...

Depois do Iscas, a filha do Conselheiro tornou a entrar para o assunto da conversa, e discutiram-se com assombro os presentes dados por ela à Justina. Por fim o cavouqueiro ergueu-se da mesa, tomou a sua viola e foi esperar pela hora de dormir, assentado à porta da estalagem, repinicando o seu fado favorito. Rosinha acompanhou-o logo e instalou-se ao lado dêle como costumava fazer; ao passo que as duas velhas, tomando cada qual sua cadeira, ficaram defronte uma da outra, a falar, entre bocejos e cochilos, no que tinham trabalhado esse dia e no que iam trabalhar no dia seguinte. Daí a pouco já não diziam palavra, e a própria Rosinha dava marradas no noivo, cabeceando de sono. Só a viola do cavouqueiro continuava bem acordada, quebrando o denso recolhimento das nove e meia com o seu "tir-lim-tim-tim" monótono e embebido de saudade.

Luís cantava:

> *"O sol prometeu à lua*
> *Uma faixa de mil cores;*
> *Quando o sol promete à lua,*
> *Que dirá quem tem amores!..."*

Tir-lim-tim-tim! Tir-lim-tim-tim!

> *"Tu a amar-me, e eu a amar-te,*
> *Não sei qual será mais firme!*
> *Eu como sol a buscar-te,*
> *Tu como sombra a fugir-me!"*

Esta cantilena chegava até à casa do Conselheiro reduzida a uma toada errante e tão lânguida que entristecia. Magdá escutava-a da sua alcova, deitada no colo da Justina, à espera do sono.

E quando, lá pela meia-noite, conseguiu adormecer, continuou logo a sonhar com o moço da pedreira.

O HOMEM

XI

O sonho ligava-se ao da véspera. Tornou a ver-se ao colo do rapaz, abandonando a casa paterna e dirigindo-se vagarosamente para a montanha; esta, porém, surgia-lhe agora defronte dos olhos, não como pedreira esbrugada, mas em plena efervescência do verdura e tôda coberta de flores.

Começaram a subir. Uma floresta virgem abria-se diante deles, para lhes dar passagem, e logo se fechava sobre os seus passos, como cortinas de um leito de fôlhas. O moço parecia não cansar com o peso que levava, e Magdá por sua vez sentia-se leve, muito vaporosa; e, à proporção que ela se afastava de casa e ia-se entranhando na mata, fazia-se melhor, mais satisfeita e feliz.

E subiam, subiam, sem consciência do tempo, nem da direção que tomavam. Era como se tivessem escapado às relações da vida comum e penetrassem na eternidade: havia em tudo uma paralisação geral; uma existência etérea, em que se não envelhecia; uma existência de além-túmulo; alguma coisa de paraíso, antes da idéia da morte.

Afinal deram com uma planície. Haviam chegado ao cimo da montanha; aí o círculo de verdura que os guardava abriu em clareira, destoldando o azul, onde o sol resplandecia, transbordante de ouro por entre espumas de prata. Reinava na luz um meio-tom suave e comunicativo; tudo era doce, temperado e calmo; as vozes da natureza chegavam aos seus ouvidos apenas balbuciadas; as fôlhas e as asas cochichavam, como se temessem acordar alguém; perto corria um regato sussurrando.

O moço pousou Magdá sobre a relva e assentou-se ao lado dela, tomando-lhe as mãos entre as suas.

106 OBRAS COMPLETAS DE ALUÍSIO AZEVEDO

— Como te sentes agora, minha flor! segredou-lhe, aproximando o rosto.

— Melhor, muito melhor... respondeu a filha do Conselheiro com um suspiro. — Sinto-me ainda um pouco fraca, mas conto que estes ares me restituam as forças...

— Em breve estarás perfeitamente boa e serás completamente feliz! disse o outro, e soltou-lhe um beijo na boca. Magdá percebeu então que o hálito do moço tinha o perfume da murta, e que as barbas dele eram agora mais macias do que os arminhos da sua saída de baile. E, encantada com a descoberta, notou ainda que as mãos do cavouqueiro já não eram duras e maltratadas, mas bem torneadas e de uma flexibilidade muito enérgica e nervosa; que o cheiro do seu corpo já não tresandava a cavalo suado, mas recendia a um odor fecundo de carne sadia e limpa, lembrando o cheiro do leite fresco; que os seus dentes eram alvos e puros como as areias da praia; que o seu peito era mais branco e mais rijo que o granito da pedreira; que os seus cabelos, roçando nela, acordavam desejos, e que os seus braços eram cadeias de fogo em que toda ela se abrasava de amor.

— Gostas de me ter ao teu lado?... perguntou ele.

— Tu restituis-me a vida... respondeu Magdá, cingindo-o pelos rins e pousando o rosto abatido e frio sobre o colo vigoroso e largo do amigo. — Oh! balbuciou depois, aconchegando-se mais — como eu me sinto bem assim! Com a cabeça aqui! A gozar nos meus peitos o calor do teu corpo! Deixa-me ficar ainda! Deixa-me ficar um instante, meu senhor e meu amado!

E apertava-o nos míseros braços, fechando os olhos e aspirando com força, como se quisesse sorver de um só hausto, a vitalidade que ele de si exalava, mais capitosa que o vapor de um vinho velho fervendo ao fogo.

O HOMEM 107

— Tu és só meu?

— Todo teu e para sempre!

— Nunca amarás outra mulher?

— Não, Magdá, nunca!

— Se me esqueces por outra, eu morreria de ciúmes, antes que as feras me devorassem aqui! Olha! vê como, só com pensar nisto, tremo toda...

Ele puxou-a de vez para o seu colo e afagou-a.

— Não chores, disse. — Descansa, que nunca mais nos separaremos. Eu serei eternamente o teu companheiro, o teu amigo, o teu esposo! Quando te sentires com força, irás a pé, pelo meu braço, passear ao outro lado da montanha, que é ainda mais belo que este. Depois chegaremos até lá embaixo, no vale, onde encontrarás tudo o que de melhor há na vida: os mais saborosos frutos, as flores mais mimosas, as aves mais lindas, as águas mais puras, o sol mais carinhoso e os seres mais benfazejos da natureza. Lá tudo é nosso amigo; tudo nos ama; nenhum ente da terra te fará mal, porque aqui tu és rainha e eu sou o rei. Não tenho para te oferecer aposentos como os de teu pai; não tenho carruagens, nem sedas, nem baixelas de prata; mas, em compensação, nenhuma outra te disputará o poder sobre estes teus domínios, nem o amor deste teu escravo! Quando sentires vontade de comer, eu irei buscar os pomos mais suculentos e gostosos; quando tiveres sede, eu trarei nas minhas mãos a água mais cristalina das nossas fontes; quando te sentires cansada, eu te carregarei nos meus braços. Eu percorrerei o mundo inteiro para te matar um desejo! E, quando dormires, estarei ao teu lado, pedindo a Deus que te dê bons sonhos e encha tua alma de consolações.

— Como sou feliz agora, meu amigo...

— Sim, tu serás muito feliz, porque aqui não haverá ódios nunca, nem invejas, nem ambições, nem

108 OBRAS COMPLETAS DE ALUÍSIO AZEVEDO

vícios; aqui só o amor existe! Este é o seu reino; nada aqui vive senão dele e para ele! Amarmo-nos será o nosso único destino e o nosso único dever. Desde que o não fizéssemos, seríamos logo expulsos deste paraíso por indignos e maus, e teríamos de ir chorar a nossa miséria lá na outra existência, onde os homens se detestam e atraiçoam a todo momento. Vês estas árvores, estes pássaros, todo este mundo alegre e feliz que canta em torno dos nossos beijos! pois todo ele vive só para se amar! Vê! repara como todos crescem aos pares; como concebem e como produzem! Olha para cima da tua cabeça; olha para debaixo dos teus pés; olha para os lados e observa! — Está tudo amando! Em cada beijo que damos, um infinito de vidas se forma entre nossos lábios!

— E há quanto tempo vives aqui neste reino encantado do amor?

— Não sei; não me lembro como vim ao mundo, nem conheci o autor dos meus dias; porém, à força de pesquisas, cheguei a crer que sou o mais recente produto de uma geração privilegiada, que chegou mais depressa do que as suas congêneres ao meu estado de aperfeiçoamento. O fundador da minha dinastia era de sílex, nasceu com o mundo, e, no entanto, meu pai era já nada menos do que um quadrúmano; de mim não sei ainda o que sairá...

— Mas tu então não és o moço da pedreira?...

— Tolinha! Aquilo foi o disfarce que tomei para te poder alcançar.

— Como assim?

— Desejei-te e jurei que havia de possuir-te. Mas como me aproximar de ti?... Lembrei-me da pedreira que fica defronte da tua janela, tomei a forma de um cavouqueiro e comecei a namorar-te, a empregar todos os meios para atrair-te. Tu a princípio te negaste; eu,

O HOMEM 109

porém, não desanimei e todos os dias te chamava cantando. Afinal, uma bela tarde, não pudeste mais resistir, e lá foste. Estava ganha a vitória! Fiz logo com que perdesses os sentidos; ofereci-me a teu pai para transportar-te nos meus braços e, assim que te pilhei no colo, penetrei-te com o meu desejo e com o meu amor enleei-te toda no meu querer, e então, quando já te não possuía, fui buscar-te num sonho, e hoje és minha para sempre!

— Sim, sou tua, toda tua, não há dúvida; és o meu dono, pertenço-te; mas uma coisa não compreendo...

— Que é?

— A razão por que, para me seduzires, tomaste a forma de um grosseiro trabalhador de pedreira e não a de elegante e gentil cavalheiro, que houvesse penetrado nas salas de meu pai e de mim se apossado licitamente, por meio do casamento...

— Tão tolo sou eu que caísse na asneira de namorar-te sob a forma de um homem de sociedade; porque, se assim fizesse, lograria apenas impressionar-te o espírito, já tão viciado pela própria sociedade, e não conseguiria pôr em jogo os teus sentidos, como obtive disfarçado em simples trabalhador, de corpo nu, forte, inteiro, e o homem para toda mulher! Se eu tomasse a forma de um janota, não estarias a estas horas aqui comigo, porque tu não me seguiste seduzida pela minha inteligência, que te não mostrei; nem pela minha riqueza de caráter, que escondi; vieste pura e simplesmente arrastada pela minha beleza varonil e pela masculinidade do meu corpo! Se eu me tivesse apresentado a ti sob a forma de um elegante rapaz, desconfiarias de mim, como desconfiaste de tantos que te pretenderam; havias de supor-me tão corrompido e tão inutilizado como os outros; não acreditarias na integridade do meu sangue, na sinceridade de minha saúde, e ainda

110 OBRAS COMPLETAS DE ALUÍSIO AZEVEDO

menos na do meu amor. E, quanto ao fato de justificar a nossa união pelo casamento, para que e por que semelhante formalidade pueril e ridícula... O casamento é a prova pública do amor, e nós por enquanto não temos público! Deixa isso lá para a tua mesquinha sociedade, onde se casam enganando-se uns aos outros; onde se casam sempre por qualquer interesse, que não é o da procriação...

— Não! Lá também há casais que se amam...

— Muito raros. Além disso, o meio que os cerca é quanto basta para corrompê-los em pouco tempo e fazê-los tão ruins como os outros. Viverão a primeira lua de mel em pleno amor, mas na seguinte já o marido procura com quem trair a esposa, e esta já precisa chamar em seu socorro toda a energia de que é capaz para ver se consegue não enganar o marido! Ah! — Uma gente adorável, não há dúvida!!

— E achas que Deus não se zangará comigo por eu não ter ido à igreja receber a sua bênção antes de acompanhar-te?

— Zangar-te contigo! Quem? Deus? Que loucura! Ele, ao contrário, filhinha, longe de amaldiçoar-te porque me amas deste modo, mais ainda te estimará por isso. Ele quer que as suas criaturas se amem como nós dois nos amamos! O seu coração é um grande manancial de ternura, que se derrama noite e dia, a todo o instante sobre as nossas almas, para fecundá-las, como o sol se derrama sobre a terra. Quando, em longas noites de luar, ficavas cismando esquecida à janela do teu quarto e suspiravas sem saber por quem, era ele que me trazia de longe os seus beijos errantes e solitários com o mesmo sopro benfazejo com que conduz a cada momento de uma a outra flor pólen dourado e fecundo!

— Deus?

O HOMEM 111

— Sim, Magdá, tudo o que vem das suas mãos de
pai traz o germe do amor, que é a vida. A própria terra nada mais é do que um grande ovo, que ele incuba
com a calentura do seu amor eterno! O Criador deu ao
homem vesículas seminais, e ovário à mulher, para que
eles se correspondessem, e se amassem, e se reprodu-
zissem. Só nos amando assim, como agora nos amamos, podemos glorificá-lo, porque o amor é a perpetui-
dade da sua obra! E ainda me vens falar em cerimô-
nias de igreja!... Mas aqui, minha amada, eu não sou
o moço da pedreira, nem tu és a filha de um Conselheiro;
aqui somos apenas um casal que se ligou pelos únicos
laços que Deus criou para unir o homem à mulher —
a cópula! Aqui somos o macho e a fêmea; aqui somos
iguais porque somos e seremos igualmente puros, castos e eternos! A única substância da nossa vida nestas infinitas e deliciosas regiões do amor, é o próprio
amor! nosso Deus — o amor! nosso ideal — o amor!
Só por ele e para ele nos achamos aqui reunidos os dois,
assim abraçados e presos nos lábios um do outro!

E com estas palavras o moço estreitou Magdá contra todo seu corpo. E calaram-se ambos.

— Sim, disse ela afinal, quando recuperou a fala
— sim, que me importa a outra vida, se tudo o que de
melhor concebe o meu coração e o meu cérebro é o teu
amor? Desapareça tudo mais; arrasem-se todos os
mundos; apaguem-se todas as paixões; sufoquem-se
tôdas as crenças; aniquilem-se todos os instintos; e este amor ilimitado, ardente, sempre novo e sempre vivo,
há de sobreviver, como um espírito imortal, como um
princípio incriado, uma força mais arbitrária e mais
indomável do que a força impulsiva da matéria!

E seus lábios uniram-se de novo aos dele, e seu corpo de novo estrebuchou na relva em convulsões de amor.
Em volta a natureza festejava aquelas núpcias com uma

112 OBRAS COMPLETAS DE ALUÍSIO AZEVEDO

orquestra em surdina de beijos e arrulhos. Um crescendo ansiar de suspiros estalados ia-se formando lentamente; até que, de súbito, um geral espasmo se apoderou de toda a montanha, levantando-lhe pela raiz a cabeceira verde. Encrespou-se-lhe o dorso. As árvores, com as folhas arrepiadas, estorciam-se, atirando-se umas às outras e rangendo os galhos; as flores palpitavam sob o doudejar das borboletas; os répteis corriam de rojo por toda a parte, rondando, seguros e assanhados; vermes esfervilhavam, brotando aos cardumes do solo úmido; as rolas acoitavam-se, gemendo de gosto e ruflando as asas no chão; ouviam-se rouxinolar duetos de amor no fundo azul das matas; insetos zumbiam voando agarrados no ar, aos pares; uma nuvem de poeira cor de fogo remoinhava no espaço, embebedando as plantas; e o sol, vitorioso e potente, resplandecente na sua armadura de ouro, emprenhava a terra na esplêndida fornicação da luz.

XII

Acordou muito nervosa e muito triste. O sonho deixara-a num grande abatimento físico e moral; pungia-lhe um como remorso de quem se arrepende de haver passado a noite em claro, no deboche. Sentia-se humilhada.

— Maldito homem! maldita a hora em que ela se lembrou de subir à pedreira!

Não é que não compreendesse perfeitamente que tudo aquilo era devido ao seu lastimável estado de doença; mas, por melhores esforços empregados para se convencer de que lhe não cabia a mais ligeira responsabilidade em semelhantes extravagâncias, um profundo vexame apoderava-se do seu espírito, constrangendo-a de vergonha contra si própria. Reconhecia-se crimi-

O HOMEM 113

nosa por aqueles delitos de uma sensualidade tão brutal e tão baixa; não podia conceber como era que ela — ela! a filha do Conselheiro Pinto Marques, a intolerante, a escrupulosa por excelência, a irrepreensível nos seus gostos e nas suas predileções, mantinha, segregadas nos meandros da sua fantasia, tais sementes de luxúria, que bastava cair uma única do misterioso terreno dos sonhos para rebentar logo uma floresta inteira de concupiscência. Lembrou-se de contar tudo com franqueza ao Dr. Lobão e pedir-lhe que lhe arranjasse um remédio contra aqueles desvarios; mas só a idéia de repetir, de confessar certas particularidades do seu delírio, faziam-na tremer toda de pejo. "Ah! se a tia Camila ainda fosse viva!..." E o que ela não se animou de confiar ao médico, disse em confidência de alcova ao seu crucifixo, pedindo-lhe entre lágrimas, pelo amor da Virgem Mãe Santíssima, que a protegesse; que a livrasse daqueles pensamentos impuros; que lhe mandasse dos céus todas as noites um dos seus anjos para lhe velar o sono e impedir que a sua pobre alma, enquanto ela dormia, fosse vagabundear por ali, como a alma de qualquer perdida.

Cristo não a atendeu. A mísera, depois de um dia como os outros, dia arrastado entre colheradas de remédio e tédios de enferma, sem um riso, nem a sombra de uma esperança de alegria, mal adormeceu, animada no colo da Justina, acordou em sonho nos braços do cavouqueiro.

Continuava a sua existência fantástica. Despertou com um beijo dele.

— Ah! disse, e olhou em torno de si, procurando reconhecer o sítio da quimérica felicidade.

Sorriu logo, satisfeita: era o mesmo lugar em que na véspera havia pegado no sono acalentada pelo amante. — Era, que dúvida! — lá estavam as mesmas árvores, agora tranqüilas e confortadas; as mesmas palmeiras sussurrantes, o inalterável regato de águas diamantinas em que se destacavam os nenúfares, formando pequenas ilhas cor de esmeralda e guarnecidas de grandes flores vermelhas e brancas. E, como para se certificar de que o seu amado ainda era também o mesmo, pôs-se a tatear-lhe a musculatura dos braços e do peito.

— Era ele mesmo! Era! Nem outro possuía aquela rijeza de carnes junto àquela maciez de pele.

Apalpou-o todo. Depois, como se ainda não estivesse bem convencida, esfregou o rosto nas barbas dele, meteu os dedos por entre os anéis do seu cabelo, cheirou-lhe a boca.

— Era! Era o mesmo! cheirava a murta.

E beijou-o.

— Olha, falou o moço. — Enquanto dormias tu, andei por aí colhendo estas frutas. Deves sentir fome.

— É verdade, respondeu Magdá. — Tenho uma fome enorme. Há muito tempo que não como.

E ergueu-se a meio para o banquete.

— Vê como são boas... observou o outro, trincando um cajá e levando-lhe à boca o pedaço que tinha entre dentes.

Ela comeu e pediu outro bocado, mas queria assim mesmo — de boca para boca.

— Como é bom! Como é bom! repetia batendo palmas.

— Estes, que estão picados de passarinhos, são os mais doces. Olha! experimenta.

Ela afinal deitou-se no colo dele, para comer à moda das crianças. O rapaz escolhia os melhores frutos, mordia-os primeiro e dividia o pedaço com ela, ambos a rirem muito desta brincadeira.

— Mais! mais!

O HOMEM 115

Ele mostrou uma grande manga.

— Oh! Que bela! exclamou a filha do Conselheiro, tomando em cheio nas mãozinhas a imensa manga que o companheiro lhe apresentava. E, farta de admirá-la, lembrou como um repente:

— Vamos chupá-la os dois juntos?...

— Como?

— Deita-te aqui no chão, ao meu lado. Assim! E, uma vez deitados, começaram, com o rosto muito unidos, a chuchurrear a manga, como se mamassem ao mesmo tempo por uma só teta. Magdá sentia com isto uma volúpia indefinível; de vez em quando despregava os lábios da fruta, para poder olhar o amigo, soltava uma risadinha e continuava a mamar. Quando se sentiram satisfeitos, ele foi buscar água na parra de um tinhorão e deu de beber à companheira.

— Bem, disse depois. — Agora vamos dar um passeio.

— Sim, mas eu não posso ir muito longe... Sinto-me ainda tão fraca...

— Eu te carregarei, quando não puderes andar. Encosta-te a mim.

Magdá ergueu-se e pôs-se a caminhar vagarosamente ao lado do amante, toda reclinada sobre ele; os braços na cintura um do outro. Ouviam-se então cantar as aves; e as plantas inclinavam-se com ternura e respeito por onde seguia o amoroso par; a folhagem tinha sorrisos, as boninas beijavam-lhes os pés.

Um cheiro delicado de baunilha enriquecia o ar.

Chegaram à beira do regato e Magdá mirou-se n'água com faceirice de noiva. Ao seu lado refletia-se a robusta figura do moço.

— Dá-me algumas flores, pediu ela. — Quero enfeitar-me para te parecer mais bonita. Estou tão magra!...

Ele afastou-se e voltou logo com um braçado de rosas, magnólias, jasmins e manacás. O ambiente trescalou de aromas. Magdá soltou o cabelo e depois, a rever-se na própria imagem refletida a seus pés, fez novas tranças em que ia intercalando flores, com o mimoso capricho de quem faz uma obra d'arte. O moço olhava-a sorrindo.

— Vaidosa... murmurou.

— Ingrato! É para te agradar... E ela, quando deu por pronto o seu toucado, foi colocar-se defronte do amigo para receber os afagos da aprovação.

— Senta-te aqui, disse este, em seguida a um beijo.

A amante obedeceu; ele deitou-se na relva e pousou a cabeça no colo de Magdá, que começou a afagar-lhe os cabelos, segredando ternuras, vergando-se sobre o seu rosto, para alcançar-lhe os lábios. Estiveram assim um tempo infinito; alheios e esquecidos de tudo, bebendo pela boca um do outro o vinho da sua animalidade, embriagando-se de camaradagem aos poucos, voluptuosamente; até que, ébrios de todo, se deixaram rolar ao chão e se quedaram abraçados, mudos, inconscientes, quase mortos na deliciosa prostração do coma venéreo.

Só deram por si ao declinar do dia. Continuaram o passeio.

— Que ruído é este? perguntou Magdá, parando em certa altura da floresta.

— Não tenhas medo, meu amor, é o trapejar de uma cascata que fica do outro lado da montanha. Havemos de lá ir um dia.

— Espera! Parece que vai chover... Senti uma gota d'água cair-me na face.

— Vai, sim, mas não faz mal; nós nos recolhemos à gruta.

O HOMEM 117

— Verás. Fica muito perto daqui. Vamos.

Principiava com efeito a chuviscar. Ele tomou Magdá nos braços e correu para a gruta, que em verdade, era muito perto dali. Consistia numa grande rocha negra, toda encipoada de heras e parasitas com uma pequena fenda que mal dava passagem a uma só pessoa de cada vez. O cavouqueiro transpos a brecha e em seguida fez entrar a companheira.

— Agora pode lá fora chover a cântaros! declarou — estamos perfeitamente agasalhados.

Magdá olhou em torno de si na meia escuridão da caverna, e notou que se achava num lugar muito aprazível, de atmosfera de alcova. Os seus pés eram embebidos em armelina e doce alfombra; suas mãos tocavam nas paredes de uma penugem macia que lembrava a pluma do algodão. Era um ninho, um verdadeiro ninho de musgo cheiroso, aveludado e tépido.

O rapaz deixou-se cair em cheio sobre o tapete de relva, arrastando Magdá na queda. E, fechando-a nos seus braços, disse-lhe com o rosto unido ao dela:

— Não ouves lá fora um arrulhar mavioso e triste?...

— Sim, por quê?

— É o uru que anuncia a noite. Vamos dormir.

E ela sonhou que adormecia, justamente na ocasião em que acordava na vida real. O gemebundo piar das rolas desdobrou-se na monótona e pesarosa cantilena dos trabalhadores da pedreira.

XIII

— Terceiro sonho!... Era já o terceiro sonho!... cismava Magdá, muito impressionada e ainda recolhida na sua cama de erable com esculturas de mogno. — Três sonhos seguidos, de noite inteira, com aquele miserável trabalhador... E não poder reagir contra semelhante violência!... Não dispor de um único recurso contra esse misterioso tirano que a constrangia àquela convivência extravagante, àquele amor ignóbil por um ente, que ela na vida real malqueria e desprezava! Terrível cativeiro! Não poder dizer à sua imaginação: "Acomoda-te, demônio! Sossega!" Isto com quem não estava habituada a repetir uma ordem; com ela, que não fora nunca desatendida nos menores caprichos, como nas maiores imposições!... Que desespero — ter de submeter-se ao jugo da sua carne! Que inferno — sentir-se todos os dias ao acordar humilhada por si mesma, indignada contra os seus próprios sentidos!

E se aquilo desse para continuar?... Sim, como havia de ser, se nunca mais terminasse aquela nova existência que ela agora vivia com o cavouqueiro durante a noite?... Oh, antes a morte! antes a morte!

Justina abriu o cortinado da cama, para saber se a senhora queria já o chocolate.

— Que horas são?

— Meio-dia.

— Não consigo acordar mais cedo...

E notava agora na bôca um gosto acre de doce ao mesmo tempo, muito enjoativo, sabendo a sangue.

— Minh'ama sente alguma coisa? perguntou a criada, reparando que Magdá estalava com insistência a língua contra o céu da boca.

— Um gosto esquisito.

— É do estômago! Não tenho dito a vosmecê que não é bom estar paparicando guloseimas todo o dia?... Como não! Está aí!

— Mas eu ontem nada comi que me pudesse fazer mal. Tomei um caldo e bebi um cálice de vinho; e à tarde... Ah! talvez seja do xarope... diz o doutor que leva muita estricnina...

O HOMEM   119

— Deve ser, como não? Estes remédios de hoje
são todos uns venenos, Deus me perdoe!

— Prepara-me água para lavar a boca.

— Está tudo pronto.

Magdá ergueu-se da cama.

E, enquanto se preparava: — Ó senhores! que
frenesi me mete aquilo!

— Aquilo que, minh'ama?

— Aquela maldita cantilena!

— Ah! Os homens da pedreira! Coitados! Diz
que assim não sentem tanto o peso do serviço...
Aquilo é um trabalho muito bruto! Vosmecê não imagina... Ainda outro dia...

— Sim, sim! Meu pai já saiu?

— Ainda não, senhora, e já veio saber como minh'ama passou a noite.

— 'Stá bem.

— ...Ainda outro dia, o Luís...

— Que Luís...?

— Esse rapaz que está para casar com minha
irmã, com a Rosinha; aquele que desceu minh'ama da
pedreira!... O Luís, vosmecê conhece, como não?

— Sim, sim! Não quero saber disso... Dá-me o
chocolate e o remédio.

Justina precipitou-se logo para fora da alcova, e
Magdá, contra a sua vontade, repetia mentalmente: "O
Luís, esse rapaz que está para casar com Rosinha..."
Mas a fisionomia não se lhe alterou e, como era do seu
costume ao levantar-se do leito, tomou um espelhinho
de mão e pôs-se a mirar de perto as feições. Achou-se
extremamente abatida e muito descorada; em compensação sentia-se agora de melhor humor e até disposta
a sair do quarto. O diabo era aquele maldito gosto de
sangue que lhe não deixava a boca. Bebeu dois tragos
de chocolate, e rejeitou o frasco do xarope, e em seguida

120   OBRAS COMPLETAS DE ALUÍSIO AZEVEDO

desceu ao primeiro andar, mais animada que nos outros dias. O pai fez um espalhafato quando a viu.

— Assim é que ele queria! E beijou-a na testa. — Assim é que Magdá devia fazer sempre! Hoje até, acrescentou risonho e afagando-lhe o queixo, bem podias dar um passeio comigo, hein? Mando buscar o carro? Que dizes?

— Onde o passeio?

— Onde quiseres; em qualquer parte. Está dito? Ela aceitou, com grande contentamento do Conselheiro; e a surpresa deste subiu ao zenite quando viu a filha ordenar ao copeiro que lhe servisse um pouco dum rosbife que estava sobre a mesa.

— Bravíssimo! Bravíssimo!

Magdá, porém, logo que percebeu sangue no assado, repeliu o prato, a estalar a língua; mas exigiu que lhe dessem sardinhas de Nantes e comeu depois meia costeleta de carneiro, um pouco de pão, queijo com mostarda, um gole de vinho e ainda tomou uma chávena de chá preto. E não sentiu náuseas.

O pai ficou louco de contente.

— O xarope está produzindo efeito!... raciocinou ele, esfregando as mãos.

Ela pos um vestido de cor, o que havia muito tempo não fazia; e daí a pouco embarcava no carro com o Conselheiro.

Mandou tocar para o lado da cidade. — Ah! Estava farta de árvores e de florestas; agora precisava ver casas, ruas com gente, movimento de povo; para deserto bastava-lhe o paraíso dos seus sonhos!

Durante o caminho mostrou-se de magnífica disposição, conversou bastante, chegou a rir mais de uma vez. Ao passar pelo Campo de Santana apeteceu-lhe

O HOMEM   121

entrar no jardim. O carro ficou à espera defronte da
Estação de Bombeiros.

Eram três horas da tarde quando penetraram no
parque. Fazia calor; a areia dos caminhos estava
quente; os lagos reluziam e os côncavos tabuleiros da
grama, que dão vontade à gente de rolar por eles, tinham reflexos de esmeralda nos pontos em que lhes
batia o sol; os patos e os gansos amoitavam-se nas tou-
ceiras de verdura, à beira d'água, procurando sombra; a mole compacta dos crótons parecia formada de
incontáveis retalhozinhos de sêda de várias cores; os
gordos cactos e as bromélias cintilavam como se fossem
de aço polido. Mas toda esta natureza simétrica, medida como que metrificada e até rimada, parecia mesquinha em confronto com as luxuriantes paisagens, que
Magdá sonhara naquelas últimas noites. Todavia, nem
por isso deixou de impressioná-la, trazendo-lhe ao espírito recordações vexativas; por mais de uma vez sentiu a moça subir-lhe o sangue às faces, à maneira do seu
delito; mas não falou em retirar-se; apenas propôs ao
pai que descansassem um pouco.

O Conselheiro levou-a até à cascata. Aí estava com
efeito muito mais agradável; fazia inteira sombra, e a
água, que caía lá do alto, esfarelando-se contra os pe-
dregulhos artificiais, refrescava o ar e punha-lhe um
tom úmido de beira de praia. Magdá ficou um instante
à entrada da gruta, apoiada na corrente da ponte, entretida a olhar os peixinhos vermelhos que nadavam
em cardumes por entre as ilhotas de pedra. O velho
esperava ao lado, em silêncio, sem nenhuma expressão
na fisionomia, com uma paciência de pai; ao penetra-
rem na gruta, ele percebeu que o braço da filha tremia.

— Sentes alguma coisa?...

— Não. É que isto escorrega tanto...

Lá dentro havia um casal que se retirou com a chegada deles, conversando em voz baixa e afetando grande interesse na conversa. S. Exa. teve um gesto largo de quem admira; Magdá olhou indiferente o teto de cimento, as grossas estalactites pingando sobre as estalagmites com um aprazível ruído de noite de inverno. A umidade da gruta fez-lhe sede; o Conselheiro procurou uma bica e descobriu afinal uma caneca pendurada a um canto, donde jorravam goteiras mais grossas.

— Eu bebo aí mesmo, disse Magdá, correndo para ele e arrepanhando as saias, porque o chão era nesse lugar muito encharcado. O Conselheiro notou a impropriedade daquelas estalactites numa rocha que fingia ser de granito; Magdá não prestou nota à observação científica do pai e enfiou por um corredor à esquerda. Foi dar lá em cima; assentou-se cansada no rebordo onde está a entrada para a caixa d'água. O velho ficou de pé.

— Aqui está bom, não achas? perguntou.

Ela não deu resposta. Olhava. A voz de um sujeito, que tinha subido pelo lado oposto, espantou-a; a nervosa soltou um pequenino grito e ficou ligeiramente trêmula.

— É melhor descermos... aconselhou S. Exa. vendo que dois vagabundos se aproximavam com as suas calças de boca muito larga, a cabeleira maior que a aba do chapéu e grossos porretes na mão.

Voltaram pelos fundos da cascata. Um bêbado dormia aí, estendido por terra, meio descomposto, uma garrafa ao lado. O Conselheiro fez um trejeito de contrariedade e seguiu mais apressado com a filha. Quando se acharam fora da gruta, o sol declinava já e as ruas do parque enchiam-se de sombra. Corria então um fresco agradável. Anilavam-se as verduras mais distantes; desfolhavam-se os heliotrópios ao tépido soprar

O HOMEM 123

da tarde; as amendoeiras desfloresciam, recamando o tapête verde de pontos amarelos. Havia uma surda transformação nas plantas; reviviam as flores amigas da noite e começavam a murchar os miosótis e as papoulas; as árvores sacudiam-se, rejubilavam, aliviadas do mal que lhes fazia tanto sol; ouviam-se nas moitas suspiros de desabafo. Os patos e os gansos deslizavam agora vitoriosamente, rasgando com o peito a brunida superfície dos lagos; chilreavam pássaros, saracuras assustadas cortavam de vez em quando o caminho olhando para os lados; ouviam-se grasnar marrecos e frangos d'água. Tudo estava mais satisfeito. Uma nuvem de gaivotas pairava sobre os tabuleiros verdes, debicando na relva; as cambaxilsas saltitavam por toda a parte. Via-se aparecer ao longe, por detrás dos horizontes de folhagem, a agulha da igreja de S. Gonçalo, destacando-se do límpido azul do céu toda esmaltada pelo sol das cinco e meia.

Principiava a chegar gente; surgiam homens de palito na boca, o colete desabotoado sobre o ventre; calcinhas brancas, curtas e malfeitas mostrando botas empoeiradas; gorduras feias dos climas abrasados; hidroceles obcenas; chapéus altos ensalitrados de suor. Mulheres da Cidade Nova, com umas caras reluzentes, vermelhas como se acabassem de ser esbofeteadas; portuguesas monstruosas, com umas ancas que pediam palmadas, os pés túrgidos em sapatos de pano preto sem feitio. "Uma gente impossível!" Magdá via-os a todos, um por um, enjoada, com o narizinho torcido e cheia de uma secreta vontade de chicoteá-los.

Deteve-se para contemplar o grupo muito pulha de L. Despret, logo à direita de quem sai da gruta; um homem, auxiliado por um cão, a lutar com um tigre; mas o homem corta o peito da fera como se estivesse talhando pão-de-ló e o cão raspa com os dentes a anca

124 OBRAS COMPLETAS DE ALUÍSIO AZEVEDO

da mesma, como se tentasse morder um animal de bronze. Não obstante, Magdá parou defronte da escultura e parecia interessada por ela. Aquele homem de músculos atléticos prendia-lhe a atenção. Por quê?

— Sabia lá! O Conselheiro, intimamente estranhado pela importância que a filha dava a semelhante obra, falou-lhe no museu de Louvre, nos belos mármores que os dois mais de uma vez apreciaram juntos. Ela não ouviu, depois de muito contemplar o lutador, disse:

— Não há no mundo um homem assim como este, hein, papai?

— Assim como, minha filha?

— Assim forte, musculoso...

— Ah! decerto que não.

— Mas já houve...

— Ora, noutros tempos, quando os guerreiros carregavam ao corpo armaduras de dez arrobas.

— E as mulheres dessa época? Deviam ser também bastante vigorosas...

— Com certeza! Pois se uns descendiam dos outros...

Nisto passou perto deles um bêbado, muito esbodegado, a cambalear cantarolando; a camisa esfobada no estômago, o chapéu à ré; os punhos sujos a saírem-lhe da manga do paletó, engolindo-lhe as mãos. O Conselheiro desviou-se discretamente com a filha para o deixar passar; o borracho parou um instante, cumprimentou-os com toda a cerimônia, quase sem poder abrir os olhos, e lá se foi aos bordos, empinando a barriga para a frente. Magdá soltou uma risada tão gostosa, que abismou S. Exa.

— Definitivamente aquele era o dia dos prodígios... pensou o extremoso pai. E qual não seria o seu espanto quando ouviu a rapariga soltar a segunda

O HOMEM 125

e a terceira, a quarta e, enfim, uma crescente escala de gargalhadas contínuas.

— Com efeito!... disse. — Muita graça achaste tu naquele tipo!

Ela não podia responder; o riso sufocava-a.

— Está bom, minha filha, não vá isso te fazer mal...

Magdá procurava conter a hilaridade, mas não conseguia. Os transeuntes olhavam-na, tomados de grosseira curiosidade; o Conselheiro, meio vexado por ver que ela chamava a atenção de todos, repetia-lhe baixinho:

— Está bom... está bom...

Foi um capadócio quem afinal a fez calar; um que passou de súcia com outros, medindo-a de alto a baixo e que, depois de mirá-la muito, começou por caçoada a remedar-lhe o riso. Magdá ficou furiosa. Subiu-lhe o sangue à cabeça e teve ímpetos de... nem ela sabe de que!... fazer um disparate! tomar a bengala do pai e quebrá-la na cara do tal sujeito.

— Atrevido! resmungava entre dentes cerrados, afastando-se com o Conselheiro.

E, apesar dos esforços que este empregou para distraí-la, o resto do passeio foi todo feito sob a impressão daquele incidente.

— Não penses mais nisso... insistia o velho, quando Magdá, já dentro do carro, se referia ao fato pela milésima vez.

Tocaram para casa; ela em toda a viagem não falou noutra coisa. Vinha-lhe agora uma inabitual vontade de brigar, de fazer escândalo. Esteve quase a pedir ao pai que voltasse e fosse à procura do malcriado até descobri-lo, para lhe pespegar duas bengaladas, mas bem fortes!

126 OBRAS COMPLETAS DE ALUÍSIO AZEVEDO

E jurava que, naquele momento, seria capaz de estrangular o maldito. Não parecia a mesma. Ela, que fora sempre tão inimiga de tudo em que transpirasse escândalo e barulho, sentia agora uma estranha sede de provocações, de desordens; já não era com o capadócio do jardim, mas com qualquer pessoa. Quando entrou em casa, porque a Justina não respondeu logo à primeira pergunta que lhe fez, bradou trêmula:

— Você também é um estafermo!

— Estafermo?

— Não me replique!

— Eu não estou replicando...

— Rua!

— Vosmecê despede-me?...

— Rua! Não a quero aqui nem mais um instante!

— Mas, minh'ama...

— Rua! Não ouviu?

O Conselheiro interveio:

— Então, minha filha, não te mortifiques!

— Pois meu pai não vê como esta mulher me provoca, só pelo gostinho de me pôr nervosa?

— Tu parecias gostar tanto dela.

— Nunca! Não a posso olhar! Tenho-lhe ódio!

Justina, coitada, ia tentar a sua defesa, já banhada em lágrimas, quando o pai de Magdá lhe fez sinal de que se afastasse; ao passo que a histérica, falando sozinha e praguejando contra tudo e contra todos, dirigia-se furiosa para o quarto.

— Uma súcia! Todos uma súcia, resmungava, enterrando as unhas na palma da mão. E fechou-se por dentro com arremesso, atirando-se à cama, desesperada e arquejante.

Justina enxugava as lágrimas no avental, dando guinadas com todo o corpo a cada suspirado soluço que lhe vinha.

O HOMEM 127

— Descanse que você não irá embora, disse-lhe o amo. — Quando a Sra. D. Madalena chamar por alguém, apresente-se e não se mostre ressentida com o que se deu. Aquilo passa! É da moléstia! Vá!

— Uma coisa assim!... lamuriou a criada. — Eu que tanto faço por agradá-la.

— 'Stá bem, 'stá bem! já lhe disse que você não será despedida.

— Não é por nada, mas é pela aquela que a gente toma às pessoas!... Eu estava já afeita com minh'ama, e ter de deixá-la assim de um momento pra outro, sem lhe ter dado motivo... dói, como não dói?

— Mas vá, vá sossegada, que não haverá novidade! Justina afastou-se chorando a valer.

O Dr. Lobão chegava nesse momento e o Conselheiro passou a narrar-lhe as últimas esquisitices da doente. O médico escutou-o calado, fazendo bico com a boca sem lábios; olhando por cima dos óculos, com as sobrancelhas no meio da testa, arqueadas como duas sanguessugas.

— Ela tem tido as funções mensais com regularidade?... perguntou no fim da sua concentração. E rosnou, depois da resposta: — É o diabo! é o diabo!... Preciso examiná-la de novo! E lembrar-me de que tudo isto se teria evitado com tão pouco sacrifício para todos nós! Pensam que é brincadeira contrariar a natureza! Agora — o médico que a agüente!

Quando o doutor saiu, já a filha do Conselheiro dormia a sono solto e sonhava: escusado é dizer com quem.

XIV

— Magdá, Magdá, repara que já é dia! Aqui não é permitido dormir assim até tão tarde! Vem ver despontar o sol. A passarada já está toda de fora, não ouves? Não há mais um só casal nos ninhos! Levanta-te! Sua Majestade aí chega, esfogueado da viagem, pedindo a cada corola uma gota de orvalho para beber e acendendo em cada gota de sangue uma centelha de amor!

A filha do Conselheiro abriu os olhos — sonhando. A primeira palavra que lhe escapou dos lábios foi o nome do trabalhador da pedreira.

— Bravo! exclamou este, apanhando-lhe a boca num beijo. — Até que enfim te ouço dizer o meu nome!

— É que o ignorava...

— E como o sabes tu agora?

— Sonhei.

— Ah! sonhaste comigo?...

— Todo o tempo que levei a dormir.

— E que sonhaste, meu amor?

— Que estava ainda na minha primitiva existência, no mundo que troquei por este, e do qual não tenho saudades, a não ser por meu pai.

— E então?

— Via-te a todo o instante; levava-te comigo no pensamento para toda a parte; vi-te até em estátua, lutando com um tigre...

— Fantasias de sonho...

— Sonhei com tudo isto que nos cerca neste nosso éden; sonhei com esta gruta, com estas árvores, com estes lagos e com esta deliciosa luz sanguínea que me aviventa.

— Sim, sim, mas vai tratando de deixar a cama, que não havemos de ficar aqui metidos o dia inteiro. Hoje quero levar-te ao vale, onde passa o rio que nos separa da ilha do Segredo.

— Ilha do Segredo? Que vem a ser isso?

— Tu verás... É encantadora.

O HOMEM 129

— Muito longe daqui?

— Não, e se fosse? Não estou eu a teu lado para te carregar?

— É que me sinto tão fraca, tão pobre de coragem... tão magra!...

— Lá encontrarás novas forças. Vamos!

Ela ergueu-se pela mão do companheiro, e saíram da gruta.

Repontava o dia. Tudo se enchia de vida: as abelhas saíram para as suas obrigações; borboletas peralteavam já pelo ar, em troça, mexendo com as flores; a pequenada dos ninhos reclamava o almoço, e os pais andavam por fora, a tratar da vida, aflitos, preocupados, mariscando na umidade da terra o pão-nosso da família. O sol erguia-se como um patrão madrugador e ativo, acordando toda a sua gente e chicoteando a golpes de luz a mata inteira, folha por folha, para não deixar nenhum preguiçoso dormindo acoitado pela sombra. Uma dourada nuvem de lavandeiras doudejava sôbre os lagos, picando a água com a cauda, de instante a instante, num crepitar frenético de asas.

— Então? perguntou Luís, de braço passado na cintura de Magdá. — Não é melhor estarmos aqui do que metidos lá na gruta?

— Certamente, meu amigo.

— Ampara-te pois ao meu corpo e deixa o passeio por minha conta.

Puseram-se a andar por entre a chilreada dos caminhos. De vez em quando paravam para colher um fruto, que dividiam entre si com a boca.

Andaram muito. Quando a moça chegou ao vale estava prostrada de cansaço. O sol ia já bem alto no horizonte.

— Descansemos aqui à sombra deste tamarindeiro, para irmos depois até ao rio, propos Luís. E, enquanto

Magdá repousava no chão, ele foi apanhar um côco e trouxe-lho já em estado de se lhe sorver o saboroso leite refrigerante. Quando a viu de todo acalmada, principiou a descalçar-lhe os sapatinhos de cetim.

— Que fazes?

— Vou despir-te.

E tirou-lhe as meias.

— Despir-me, para quê? perguntou a filha do Conselheiro com um retraimento de pudor.

— Para atravessarmos o rio.

E foi logo lhe desabotoando o colo. Magdá não se animou a dizer que não, mas fêz-se vermelha e abaixou os olhos. Luís, todo vergado sobre ela, ajudou-lhe a desenfiar as mangas do corpinho e sacou-o fora. Desacolchetou-lhe depois as saias na cintura e arrepanhou-as para debaixo das pernas dela.

A moça levou as mãos às roupas, assustada, olhando com receio para os lados, como se quisesse, antes de despi-las, certificar-se bem de que não era vista senão pelo seu amante. Este compreendeu o gesto e disse-lhe sorrindo e tocando-lhe com os dedos no alvo cetim da espádua:

— Não tenhas medo... Aqui não há mais ninguém além de nós! Podemos ficar à nossa plena vontade, fazer o que bem quisermos; rolar nus e abraçados por estes tabuleiros de relva; entregar-nos a todos os delírios do amor; enlouquecer de gozo! Só Deus nos espreita, e Deus foi quem te fez para mim, para que eu te goze e te fecunde, minha flor! Ele observa-nos satisfeito, lá de muito alto, espiando pelas estrelas e sorrindo a cada beijo que damos! Quando nascer o fruto do teu ventre, ele descerá logo num raio de luz, e virá abrir na boca de nosso filhinho o seu primeiro riso e beber-lhe dos olhos a primeira lágrima. É com esta lágrima e com esse riso das criancinhas que o bom velho

O HOMEM

131

fabrica todos os dias o mel e o perfume das flores, o canto dos pássaros e o azul dos céus.

E Luís continuou a despi-la.

Magdá cruzou os braços sobre os peitos — ele acabava de lhe arrancar afinal a camisa — e fechou os olhos, toda vexada e retraída. Mas depois, sentindo nas carnes o olhar ardente que a queimava, porque o môço permanecia a contemplá-la, embevecido e mudo, torceu-se logo sobre o quadril esquerdo, repuxando para esconder a sua mimosa nudez as largas parras de um tinhorão que havia junto.

— Vergonhosa!... balbuciou o amante, ajoelhando-se aos pés dela.

E acrescentou em voz alterada, procurando alcançar com os lábios o rosto que Magdá se empenhava em esconder: — Não deves ter desses escrúpulos comigo, esposa de minha alma!... Acaso não sou todo teu? não és toda minha?... Por que escondes o semelhante? por que abaixas os olhos? Fita-os antes em mim e deixa-me beber o mel dos teus lábios! Deixa-me abraçar-te bem! assim! tôda inteira, toda nua, que eu sinta na minha carne, a carne do teu corpo! Cinge-me nos teus peitos! Aperta-me! mais! mais ainda! Magdá — um beijo... Dá-me um bei... Ah!

— Tu me matas de amor! soluçou ela.

E, por entre o suspirado resfolegar dos dois, estalejava o seco farfalhar das folhas caídas.

Seguiram depois para o rio. Ele levou-a de colo, porque Magdá não podia andar descalça; só a largou à margem da água.

— Mas eu não sei nadar... considerou ela, assustada.

— Sabes sim; todos sabem nadar. A questão é não ter medo.

— Ah! Eu tenho medo!...

132 OBRAS COMPLETAS DE ALUÍSIO AZEVEDO

— Irás comigo. Espera.

Luís entrou no rio e disse à companheira que lhe passasse os braços em volta do pescoço. Magdá obedeceu.

— Ah! Não me soltes, hein?...
— Não tens confiança em mim?...
— Ui, ui, ui, meu Deus!
— Então!
— Ai, minha Nossa Senhora! É agora!
— Medrosa! Não vês como vamos tão bem?...
— Voltemos para terra! Voltemos!
— Olha que estás me apertando a garganta...
— Aqui já é muito fundo!... É melhor voltarmos...
— Não sejas criança...
— A ilha está muito longe ainda?...
— Não a vês defronte de ti?
— É verdade! Oh! E como é linda!...

Calaram-se por instantes.

— Ainda tens medo?... perguntou depois o moço.
— Não. Ela agora estava até gozando daquela excursão.
— Não te dizia?...
— E tu, não te sentes cansado?
— Qual o quê!

Parecia mesmo não cansar; nadava como um cisne, quase sem se lhe perceberem os movimentos, de tão suaves que eram. E a outra perdera afinal inteiramente o medo, e, toda estendida à flor das águas, com os cabelos derramados pelo rosto e pelos ombros, lá ia flutuando segura no amante, mais branca e leve que uma pena de gaivota arrastada pela corrente.

— Então?... consultou o rapaz, tomando vau à margem da ilha e passando o braço em volta de Magdá.
— Que me dizes do passeio?...

O HOMEM 133

— Delicioso.

— Aqui podes andar por teu pé, que o chão é todo de areia fina; mas vamos primeiro assentar-nos debaixo daquelas juçaras para repousarmos um instante. Tens fome?

— Não, respondeu a moça, contemplando a ilha. Era esta encantadora com a sua praia argentina lavada em esmeralda. Daqui e dali surgiam dentre o salivar das espumas pequenos rochedos reverdecidos de musgo aquático, onde garças e guarás mariscavam tranqüilamente. Um palmeiral sem-fim nascia quase à beira d'água e, pouco a pouco, à medida que se entranhava pela terra, fazia-se mais compacto, até se fechar de todo com murmurosa cúpula de verdura suspensa por milhões de colunas. Mundos de parasitas serpenteavam em todas as direções, já suspensas e pendentes, embaladas pelo vento; já dependuradas em arco, formando grinaldas; já grimpando encaracoladas pelos troncos e alastrando em cima, como se quisessem quebrar a interminável noite daquele céu de folhas com um infinito de estrelas de todas as cores.

Magdá, ao transpor o assombrado átrio da floresta, deteve-se para fazer notar ao companheiro o perfume ativo que se respirava ali; um cheiro como o da magnólia, agudo e penetrante, que ia direito ao cérebro com sutil impressão de frio.

— Vem dessas florinhas que vês aqui nos espiando de todos os lados; essas que ora são cor-de-rosa, ora avermelhadas, ora cor de laranja e ora cor de sangue. É uma trepadeira; não há canto da ilha em que não as encontres. Mas não toques em nenhuma delas, porque, se colhesses alguma, nunca mais poderíamos sair daqui.

— Ora essa! Por quê?

— Não sei, é segredo! Foi Deus que assim o quis... Repara: não se descobre uma só dessas flores pelo chão, e também a gente não as vê nascer; quando vão murchando mudam de cor e revivem.

— E não dão fruto?

— Nunca.

— É esquisito.

— E perigoso...

— Mas como é que elas prendem a quem lhes toca?...

— Pois se é um segredo, como queres tu que eu saiba?...

— E nunca tiveste desejos de descobri-lo!

— Para quê? Sou perfeitamente feliz sem isso...

— Não és curioso...

— Sou, mas tenho medo de tornar-me desgraçado.

Nesta conversa haviam chegado à fralda de um oiteiro coberto de murta e empenachado por um frondoso bosque de bambus.

— Este morro divide a ilha em duas partes, explicou Luís. — Queres subir?

Magdá consentiu, pôsto se visse já bastante fatigada e fraca; tanto que, do meio para o fim da viagem, foi preciso que o rapaz a carregasse. Sentia-se quase desfalecida.

— Meu Deus, como estás pálida! disse ele, pousando-a à sombra dos bambus. — Vou buscar-te um pouco d'água ali à fonte. Espera um instante; eu volto já.

— Não, não! gemeu a moça, segurando-o com ambas as mãos. — Não te afastes de mim! Não é de água que eu preciso, é de um pouco de vida! Sinto fugirem-me as últimas forças! Eu preciso de sangue.

E fazia-se cor de cera, e fechava os olhos, e entreabria os lábios, como um orfãozinho abandonado que morre à míngua do leite materno.

O HOMEM   135

Cortava o coração!

— Magdá! meu amor! minha vida! exclamou Luís,
tomando-a nos braços. — Não desfaleças! Não fiques
assim! Desperta!

Ela soergueu as pálpebras, e murmurou baixinho,
quase imperceptivelmente:

— Sangue! sangue! sangue, senão eu morro!...
— Ah! fez o moço com vislumbre. E sem sair
donde estava, quebrou um espinho da palmeira e com
ele picou uma artéria do braço. — Toma! disse, apresentando à amante a gota vermelha que havia orvalhado na brancura da sua carne. — Bebe!

Magdá precipitou-se avidamente sobre ela e chu-
pou-a com volúpia. Não se ergueu logo; continuou a
sugar a veia, conchegando-se mais ao amigo, agarran-
do-se-lhe ao corpo, toda grudada nele, apertando os
olhos, dilatando os poros, arfando, suspirando desafo-
gadamente pelas narinas, como se matasse uma velha
sede devoradora.

Luís, sem uma palavra, ouvia-lhe os estalinhos da
língua e o gluglutar sôfrego de criancinha gulosa pela
mama.

— Ah! respirou enfim a filha do Conselheiro, des-
prendendo os lábios do braço dele e sorrindo satisfeita
e vitoriosa. — Agora sim! posso viver!

O amante encarou-a e recuou, não podendo conter
a sua surpresa e a sua admiração. Magdá readquiria
por encanto a frescura, a beleza e a saúde, que havia
perdido nos últimos anos. Reconstruía-se, revivifica-
va-se à semelhança das florinhas feiticeiras da ilha.
Ergueu-se triunfante.

As suas faces eram de novo duas rosas que atraíam
beijos, como o matiz das flores atrai sobre a sua corola
o inseto portador do pólen; os olhos rebrilhavam-lhe
já com a sedutora expressão primitiva. Os seus lábios

136 OBRAS COMPLETAS DE ALUÍSIO AZEVEDO

trêmulos recuperaram logo o perdido sorriso dos tempos passados; a garganta carneou-se, reconquistando as linhas macias, as doces flexibilidades da pele sã; as curvas do desnalgado quadril retomaram enérgicas ondulações; os seios empinaram; as coxas enrijaram; e tôda ela se retesou, se refez de músculos e nervos, numa súbita revisceração deslumbradora.

Luís caiu-lhe aos pés, beijando-lhos com transporte.

— Como estás bela! Como estás bela! Abençoada gota de sangue que te dei!

Magdá sorriu, estendendo-lhe os braços, agora carnudos e torneados. E, logo que ele se levantou, cingiram-se ambos um contra o outro, num só arranco, em igualdade pletórica de ternura.

Passaram o resto da tarde à sombra dos bambus, celebrando a sua nova lua de mel com um opulentíssimo banquete de amor. Sentia-se já a aproximação da noite, quando resolveram abandonar a ilha.

Magdá quis, porém, antes de partir, lançar lá de cima um olhar de despedida sobre aquelas paragens encantadas. O companheiro levou-a ao ponto mais elevado do morro.

— Contempla os teus domínios!, desferindo no ar um círculo com a mão aberta.

Ela deixou cair o seu olhar de rainha sobre a esplêndida natureza virgem que a cercava. Bosques e bosques acumulavam-se numa interminável aglomeração de tons, em que entravam todas as tintas da mágica palhêta do divino artista, dissolvidas em fogo, essa cor primordial que nenhum outro pintor possui. O horizonte ardia em chamas; o céu rasgava-se, deixando transbordar em jorros uma cascata de luz que dava ao menor objeto da terra o brilho de um metal precioso. As florestas cintilavam. Gigantescos paus-d'arco bra-

O HOMEM

cejavam por entre as árvores vizinhas para mostrar
bem alto a sua coroa de ouro; mas as palmeiras não se
deixavam vencer e reagiam vitoriosamente por entre a
espessura da mata, agitando no ar o seu penacho indí-
gena; a gameleira brava procurava erguer a cabeça
engrinaldada de heras e parasitas; pinheiros seculares,
cedros mais velhos que a religião, paineiras, angicos,
peroba, todos os gigantes da selva, pelejavam para sobressair! Uma luta silenciosa e terrível! Viam-se
púrpuras que se rompiam de cólera, cetros que se despedaçavam de inveja! As tímidas plantas escondi-
am-se de medo e os lírios retraíam-se, estremecidos e
assustados, procurando ocultar a candura das suas
urnas embalsamadas atrás de rasteiros tinhorões e
discretas folhas de begônia. Entretanto, o indiferente
rio, em preguiçosos torcicolos, rastreava lá embaixo,
franjando de rendas de prata aquela imensa túnica de
veludo verde-negro, que a montanha arrastava, esten-
dendo-a sobranceiramente pelo vale. Afinal declinou
a luta: era a noite que vinha já, com os seus dedos sempre molhados, a sacudi-los, orvalhando estrelas pelo
espaço e apaziguando a terra debaixo das suas asas.

Ah! como Magdá amava agora tudo isso! Como
estremecia aquela montanha em que vivera os seus primeiros dias com Luís! Era lá a pátria da sua felicidade!

E ficou a cismar embevecida neste devaneio, re-
vendo-se na sua fraqueza de então, quando ainda lhe
não era permitido dar um passo sem o auxílio do amante. E veio-lhe uma grande saudade, uma forte vontade desensofrida de rever no mesmo instante aquele
lugar querido, onde ela tanto padecera e gozara ao
mesmo tempo! Ao seu lado, Luís parecia tomado dos

138 OBRAS COMPLETAS DE ALUÍSIO AZEVEDO

mesmos enlevos; e tão distraídos estavam ambos, que a moça, sem reparar, colhera uma das tais florinhas feiticeiras, e ele a deixara colher sem dar por isso.

Mal, porém, a flor se desprendeu da haste, um medonho estampido ecoou pelo espaço, deslocando ar e abalando a terra. Magdá estremeceu, soltou um grito e viu em menos de um segundo, o rio que cercava a ilha levantar-se com ímpeto e, enovelando-se, arrojar-se para cima das margens opostas e rebentar em pororocas, engolindo a terra. E a montanha, com a sua túnica real, e os monarcas da floresta, com os seus diademas cravejados de pedraria, e os prados com as suas cândidas boninas, e os vales com os seus lírios tímidos, tudo defronte dos seus olhos se convertera rapidamente num oceano sem-fim, onde enorme sol vermelho e trôpego se atufava, arquejante, ensangüentando as águas.

E Magdá, vendo a ilha isolada no meio de tamanho mar, atirou-se ao chão, escabujando em gritos e soluços, e por alguns instantes perdeu de todo os sentidos.

Voltou a si chamada por uma voz meiga que lhe dizia:

— Magdá, minha filha! Valha-me Deus! Valha-me Deus! Até o demônio daquela pedreira havia de ficar defronte justamente aqui do quarto!...

E reconhecendo a voz do Conselheiro, reconheceu também a da Justina, que exclamava:

— Pestes! Atacaram fogo à pedreira sem prevenir nada, sabendo que há aqui uma pobre doente neste estado! É maldade, como não?

Magdá, quando abriu os olhos, percebeu que estava nos braços do pai.

— Ora graças! Ora graças, minha filha, que recuperas os sentidos!

XV

De todos os seus sonhos este foi até aí o que a deixou mais vencida pela fadiga e pela vergonha. Duas horas depois de acordada, ainda permanecia na cama, a cismar, sem ânimo de se erguer. Aquele incidente da ilha, em que ela se via completamente nua, punha-lhe o espírito em dura revolta, contra a qual a desgraçada antejulgava que não encontraria consolações.

— Mas, pensava, que mal fizera a Deus para ser castigada daquela forma?... Pois não bastavam já os seus padecimentos físicos, os seus desgostos e os seus tédios!... Por que e para que ia então o Criador descobrir com tamanha falta de coração aquele novo modo de tortura?... Atacá-la no que ela mais encarecia — atacá-la no seu pudor...! Não! antes morrer; antes mil vezes, do que suportar por mais tempo semelhante desvario dos sentidos!

Felizmente veio a reação; deliberou-se a abrir luta contra o sonho. E, para dar logo começo à campanha, resolveu passar a seguinte noite acordada.

— Minh'ama quer o seu chocolate? perguntou Justina pela terceira vez.

Magdá levantou-se afinal.

— Você por que se enfrasca deste modo em perfumes, sabendo que isso me faz mal?

— Eu, minha senhora?

— Então quem há de ser?

— Juro por esta luz que não pus nenhum cheiro no corpo!

— Veja então se há algum frasco de perfumaria por aí desarrolhado! Está recendendo, não sente?

— Não, minh'ama, não sinto, respondeu a criada a fungar forte, como um animal que procura descobrir alguma coisa pelo faro. — Não sinto nada!...

140 OBRAS COMPLETAS DE ALUÍSIO AZEVEDO

— Que olfato tem você, benza-a Deus! Estou sufocada! Abra o diabo dessa porta, deixe entrar o ar!

Justina apressou-se a cumprir a ordem da senhora, mas o maldito cheiro continuava. E o mais estranho é que era aquele mesmo perfume agudo da ilha do Segredo; aquele perfume ativo que lhe penetrava no fundo do cérebro como agulhas de gelo.

— Veja se deixaram por aí algumas flores!... Sinto cheiro de magnólia!

Justina percorreu a alcova e os aposentos imediatos, fariscando ruidosamente.

Nada! Não encontrava nada de flores!

— Vá então lá embaixo saber o que é isto! Parece que estou numa fábrica de perfumarias!

A criada afastou-se, e Magdá ficou a estalar a língua contra o céu da boca. Era ainda o terrível gosto de sangue que não a deixava.

— Oh! Quanta coisa desagradável, meu Deus!

Lembrou-se então da extravagante passagem da ilha, em que ela sugara o sangue do trabalhador. Vieram-lhe engulhos, muita tosse e acabou vomitando o chocolate que tomara nesse instante.

— É o mesmo cheiro, não há dúvida, pensou depois, indo à janela; o mesmo cheiro que eu sentia no sonho!

E respirava alto, com insistência. — Sim, sim, é o mesmo perfume! Ora esta! Parece que tudo tresanda a magnólia! Será muito bonito se eu, de agora em diante, não puder livrar-me, nem acordada, de semelhante perseguição!...

Todo esse dia, entretanto, se passou assim: o cheiro de magnólia e o gosto de sangue não a deixaram um segundo. Nunca estivera tão nervosa, tão excitada; achando em tudo um pretexto para implicar, chorando sem causa aparente, irrequieta, a passarinhar pela casa, com um desassossego de ave quando está para

O HOMEM 141

fazer o ninho. O Dr. Lobão conversou com o Conselheiro e os olhos deste se encheram de água.

— Acha então que ela está pior, Doutor?... Acha que está muito mal?...

— Está entrando já no terceiro período da moléstia. Esse desassossego que sobreveio agora é um terrível sintoma... Mas não desanime! não desanime!

E, para o consolar, afiançou que Magdá era o caso mais bonito de histeria observado por ele. A noite a enferma pediu café.

— Café?!

Houve um espanto. Não lho quiseram dar; afinal, depois de grande disputa, consentiram em ceder-lhe meia chávena, muito fraco.

— Não, não, não! Ela não queria assim! queria um bulezinho cheio e de café forte.

— Mas, minha filha, lembra-te do estado melindroso em que tens os nervos! Se o café em grandes doses faz mal a qualquer um, quanto mais a ti!

Magdá chorou, arrepelou-se, arrancou cabelos. O médico, porém, voltando à noite, aconselhou que deixassem tomar todo o café que lhe apetecesse.

— Deixem-na beber à vontade! Pode ser até que isso lhe produza uma reação favorável sobre os nervos! Nada de contrariá-la!

Foi levada uma cafeteira para o quarto de Magdá. Esta assentou-se à mesinha defronte do candeeiro e começou a ler, depois de tomar uma chávena de café, que se lhe conservou no estômago.

— Você, ordenou à criada, não durma, hein? Nem me deixe dormir também, compreende?

— Como, minh'ama! Pois vosmecê não tenciona dormir tão cedo?...

— Tenciono passar a noite em claro.

142 OBRAS COMPLETAS DE ALUÍSIO AZEVEDO

— Jesus! Mas isso lhe há de fazer muito mal! Ora como não?

— Vá buscar-me aqueles jornais ilustrados e aqueles álbuns de desenho, que estão lá na sala, e ponha-me tudo aí em cima da mesa.

Justina afastou-se, trejeitando esgares de lástima.

Magdá sentia-se agora menos inquieta; fazia-lhe bem o empenho com que ela queria pregar um logro ao sonho, faltar à entrevista com o moço da pedreira. Sentia gosto em enganar alguém. Era uma ocupação e por conseguinte um divertimento. Ardia de impaciência por ver passada aquela noite; afigurava-se-lhe que, depois disso, poderia dormir à vontade, tranqüilamente, sem cair nunca mais nas garras do seu maldito perseguidor.

A Justina é que daí a pouco cabeceava, sem conseguir abrir olhos. Magdá obrigou-a a tomar uma xícara de café, o que não impediu que a boa mulher uma hora depois ressonasse, ali mesmo, de pé encostada à ombreira da porta, com os braços cruzados.

A senhora sacudiu-a, frenética.

— Eu não lhe disse, criatura, para ficar acordada?

A pobre respondeu com bocejos.

— Vamos! Ponha-se esperta! Tome outra xícara de café!

A senhora que a desculpasse; havia, porém, um ror de tempo que ela não dormia direito e puxava muito pelo corpo durante o dia...

— E por que você não tem dormido direito?

— Ora! porque é necessário estar sempre meio acordada, para ver quando minh'ama precisa de alguma coisa... Como não?

— Eu então não tenho o sono tranqüilo?

— Tranqüilo? Quem lho dera! Vosmecê durante o sono tem arrepios de vez em quando; doutras parece

O HOMEM

que está ardendo em calor; que sente comichões pelo
corpo: coça-se, remexe-se, abraça-se e esfrega-se nos
travesseiros; geme, suspira; tão depressa dá pra chorar, como pra rir; ora se enconde toda, ora atira com as
pernas e com os braços e quer lançar-se fora da cama!
Pois então? É preciso que a gente a endireite; que lhe
dê o remédio do frasco maior ou uma pouco de água com
flor de laranja... De quantas e quantas feitas eu não
tenho deitado a vosmecê no meu colo, para sos-
segá-la?...

— E não falo quando durmo?

— Às vezes, como não? e muito! mas não se entende patavina; fala entre dentes. Ainda ontem, foi
muito boa! vosmecê, lá pela volta das duas da madrugada, deu pra embirrar por tal modo com a roupa, que
eu tive de sacar-lhe fora a camisa.

— Pois você me despiu, mulher?

— E tornei a vestir depois, sim senhora.

— E eu não acordei!...

— Ah! vosmecê agora tem um sono muito ferrado.
Quer parecer que acorda, mas qual! está dormindo que
é um gosto! abre os olhos, isso abre; passa a mão pela
testa; se lhe dou água — bebe-a; às vezes levanta-se,
quer andar, eu não deixo. Uma ocasião, quando dei
fé, já minh'ama se tinha safado da cama e estava a
procurar não sei o quê naquele canto do quarto... Por
sinal que me pregou um tal susto, credo!

Magdá ficou a cismar com as palavras da criada,
estalando sempre a língua contra o céu da boca. Uma
idéia extravagante atravessava-lhe o espírito nesse momento: "E quem sabia lá se aquela mulher não lhe
tinha dado sangue a beber?..."

Fitou Justina, e com tal insistência, que a rapariga perguntou:

— Sente alguma coisa, minh'ama?...

144 OBRAS COMPLETAS DE ALUÍSIO AZEVEDO

— Deixe ver o seu braço.

Justina estendeu o braço, intrigada.

Magdá examinou-o todo, minuciosamente, mas não descobriu nele a menor escoriação.

— Por que vosmecê me revista o braço?...

— Cale-se!

E, depois de fitá-la de novo: — O que é que você me tem dado a beber durante o sono? Mas não minta!

— Ó minha senhora, eu já disse, como não? A água pura ou com açúcar e flor de laranja, ou quando não, aquele remédio de frasco maior, que o Doutor mandou dar, quando vosmecê acordasse à noite com os seus incômodos.

Magdá pediu o tal frasco para ver e, apanhando uma gota do remédio com a língua, ficou a tomar-lhe o sabor.

Qual! Não era dali que vinha o gosto de sangue!

Bateu meia-noite no relógio da sala de jantar.

— Olhe, minh'ama, meia-noite!

— Já sei! Vá lá abaixo buscar um pouco de presunto com pão.

— Que diz, minh'ama? Não caia nessa! Vosmecê tem visto o mal que lhe faz a comida fora d'horas...

— Não me aborreça! Veja o que lhe disse!

Justina saiu do quarto, resmungando, e a senhora logo que se achou sozinha, teve um tremor de medo. A criada felizmente não se demorou muito.

— Cá está, minh'ama. Vosmecê quer vinho?

— Não.

Magdá gulosou algumas febras de presunto, bebeu mais café e atirou-se aos seus jornais ilustrados, disposta a não ceder um passo na resolução tomada.

— Por que vosmecê não se vai deitar, minh'-ama?... É melhor! Agasalhe-se! Daqui a pouco

O HOMEM
145

está aí a friagem da madrugada! Já passa de uma hora!

A filha do Conselheiro não respondeu e ferrou a vista, com uma fixidez de teima, no desenho que tinha debaixo dos olhos.

— Vosmecê nunca se deitou tão tarde...

— Cale-se, que diabo!

— É que lhe pode fazer mal...

— Pior!

A criada calou-se, bocejou traçando com a mão uma cruz, mais sobre o nariz do que sobre a boca, e daí a nada pediu, quase de olhos fechados, que su'ama então lhe deixasse encostar a cabeça um instante. "Ela estava a cair de canseira".

Pois sim, que fosse, mas que ficasse alerta.

"Como não?" Mal porém encostou a cabeça, dormiu logo a sono solto.

No entanto, a senhora parecia bem entretida com as suas ilustrações. Correu meia hora — ela sempre a ver os desenhos e a ler. De repente teve uma contração nervosa, muito rápida.

— Mau!... disse, e procurou segurar melhor a atenção no que estava lendo.

Mas com pouco um calafrio empolgou-lhe os ombros e foi lhe descendo pelo dorso, até fazer vibrar-lhe o corpo inteiro.

— Justina! Justina!

A criada não se abalou, e o silêncio e a solidão da noite começaram prontamente a fazer das suas. A histérica estremeceu de novo, olhando para os lados, aterrada, sem poder mais articular palavra. Um pânico apoderou-se dela, pondo-lhe estranha agitação no sangue.

Teve uma idéia — rezar.

146 OBRAS COMPLETAS DE ALUÍSIO AZEVEDO

Ergueu-se desvairada, com os cabelos em pé, e encaminhou-se para o crucifixo. Nisto ouviu distintamente uma voz dizer ao seu ouvido:

— Magdá!

Voltou-se com um gemido rouco e caiu de joelhos defronte da imagem, toda trêmula e gelada.

Tinha reconhecido a voz do seu amante fantástico. E principiou logo a ver tudo avermelhado como nos sonhos: o que era branco fazia-se cor-de-rosa; o que era cor-de-rosa tingia-se de escarlate; o amarelo tomava a cor de laranja e o azul arroxeava-se.

Ela arfava; levou a mão à testa: os dedos voltaram úmidos de suor frio; quis gritar, e não pôde. E o seu corpo escaldava em febre; e suas fontes latejavam. Contudo não tinha perdido ainda de todo a razão e mentalmente suplicava a Deus que a amparasse, que a socorresse naquele horroroso transe:

— Pois não me será dado escapar a esta maldita perseguição?... Ó meu pai misericordioso, que irá me suceder? que irá me suceder agora?

Mas os objetos difundiam-se já e transformavam-se em tôrno de seus olhos, que só viam a imagem de Cristo — de braços abertos, e a crescer, a crescer, enchendo a parede.

E, naquela palpitação nervosa, Magdá sentia as palavras borbotarem no seu espírito e derramarem-se pelos seus lábios com a verbosidade e a inspiração de um poeta ébrio.

— Preciso não sonhar! Preciso arrancar aqui de dentro esta dolorosa loucura que me absorve, gota a gota, toda a substância da minha vida!

E, de joelhos, o rosto levantado, as mãos erguidas para o céu, as lágrimas a desfiarem-lhe uma a uma pelas faces, ela acrescentou depois da oração que lhe ensinara a tia Camila: — Jesus, meu amado, meu esposo;

O HOMEM

147

acode-me, acode-me depressa, que a fera já aí está comigo! Vem, que ela me farisca e me cerca rosnando! Vem, que lhe ouço o respirar assanhado e já sinto o seu bafo e o cheiro carnal que ela solta de si! Vem, que a maldita me acompanha por toda a parte e me cheira como o cão à cadela! Vem depressa; não a deixes saciar no meu corpo de virgem os seus apetites lascivos! Não me deixes assim, amado do meu coração, cair tão feiamente em pecado de impureza e luxúria! Não me atires como um pedaço de carne às garras do lôbo imundo! Esconde-me à tua sombra; protege-me como o fizeste com a outra Madalena, menos merecedora do que eu, que sou donzela e sempre te amei e servi com a mesma candura! Lembra-te, querido de minh'alma, de que estou enferma e fraca e só tenho força e ânimo para te amar! Vê que não me posso defender só por mim! Ajuda-me! tem pena de quem te quer e adora acima de todas as coisas! Vê como tremo e choro! Se és o pai dos humildes, vale-me agora, salva o meu pudor e não consintas que de hoje em diante a minha virgindade se haja ainda de retrair corrida e envergonhada! Vem e acompanha-me nos meus sonhos, conduze-me pela tua mão, como fazias com as crianças que encontravas perdidas no caminho; se te vir a meu lado não sonharei desatinos e sujidades que me matam de vexame e nojo contra mim própria! Vem ter comigo e exorciza de dentro de mim o demônio que habita minha carne e enche de fogo todas as veias do meu corpo! Não deixes que a luxúria esverdinhe minha alma com a baba do seu veneno! Reabilita-me, para que eu me estime e preze como dantes! Lava-me da cabeça aos pés com a luz da tua divina graça; perfuma-me com teus aromas celestiais: sopra teu hálito sobre mim, para que não me fique vestígio de terra na pele e nos cabelos; beija minha boca, para lhe apa-

148 OBRAS COMPLETAS DE ALUÍSIO AZEVEDO

gar o gosto de pecado que a põe amarga e suja; beija
meus olhos, para que eles não enxerguem o que não devem ver; beija meus ouvidos, para que eles não escutem
o que não devem ouvir; beija-me toda, para que toda
eu me purifique e me faça digna do teu amor! Sacode
em cima de mim o orvalho do teu manto e as gotas do
teu cabelo, para que eu me acalme e abrande; traça com
a tua mão pura uma cruz sobre a minha testa, para
afastar por uma vez os maus pensamentos, e passeia
três voltas em torno do meu corpo para que a fera
nunca mais se aproxime de mim! Vem, vem! que ela
aí torna e começa a uivar de novo! Acode-me, Senhor,
acode-me!

Estremeceu toda num arrepio mortal, escondendo
o rosto, sacudida por soluços. E, como em resposta
às suas súplicas, não descia dos céus nenhum alívio, ela
revoltou-se afinal contra Jesus: — Para que então ser-
vis? interrogou. — Para que então sois Deus, se não
baixais em meu socorro, quando eu tanto preciso de
amparo e de defesa?! Que é feito então do extremoso
amigo das mulheres e das crianças, ao qual me ensina-
ram a amar desde o berço? que é feito desse ente apaixonado e casto, que tinha dantes consolações para toda
a desgraça, e um raio de luz para secar a mais escon-
dida lágrima dos que padeciam? que é feito do sudário
cor de lírio em que se enxugava o pranto dos desampa-
rados? que é feito dessas bênçãos de pai, que apazigua-
vam a terra e confortavam o coração dos pobres? para
onde se voltaram aquêles olhos misericordiosos, que
dantes enchiam o mundo com o eflúvio da sua ternura?
como para sempre se fecharam aquelas entranhas de
piedade, aquele peito de amor, onde a mísera humani-
dade se refugiava, como num templo de ouro e marfim?
Se não vierdes imediatamente em meu socorro, acreditarei no que dizem os contrários da vossa igreja, ou

O HOMEM

que desertastes de vez para os céus, esquecido de todo das vossas criaturas! Se não vierdes já e já, acreditarei que estais outro e que já não sois aquele mesmo Jesus, terno, humilde, casto, bom, fiel e onipotente! acreditarei que vives no egoísmo e na indiferença, amarrado ao trono, ébrio de orgulho e vaidade, como qualquer miserável monarca da terra!

E interrogou a imagem com um olhar em que havia súplica e ameaça. Mal soltou logo um rugido surdo, apontando para o crucifixo e balbuciando, cheia de terror: — Não! Já não sois vós quem aí está crucificado! Quem está aí agora é o outro! É ele! É o demônio!

E caiu de bruços no chão, com um grito. E logo em seguida sem ânimo de erguer a cabeça, transida de mêdo, sentiu distintamente que o Cristo se agitava na parede, como forcejando para despregar-se da cruz, e que afinal descia, pisava no chão, encaminhava-se para ela e tocava-lhe de leve com a mão no ombro, aproximando a boca, para lhe falar ao ouvido. Magdá sentiu recender o cheiro da murta.

— Levanta-te, amiga minha, formosa minha, e vem! A mangueira começou a dar as suas primeiras mangas; as flores do caju lançaram já o seu cheiro! Vem, pomba minha: nos segredos do teu quarto mostra-me a tua face; soe a tua voz dentro dos meus ouvidos, porque a tua voz é doce e a tua face graciosa!

A moça ergueu a cabeça.

Ele beijou-a, prosseguindo, com o rosto unido ao dela: — Sim, Magdá, minha irmã, minha esposa, minha amada, teus olhos de tão belos se parecem com os olhos de Maria Santíssima; são ternos, são negros, humildes e majestosos; tuas mãos brancas relembram os lírios da Virgem e os teus dedos destilam a mirra mais preciosa; as faces do teu rosto recendem como as rosas

do amor divino; os teus cabelos excedem no cheiro aos
aromas excelentes do seu altar; os teus peitos são
brancos como duas ovelhas gêmeas e tão rijos como os
jacintos da sua coroa de rainha dos céus; a tua carne é
tão macia como o cetim do seu manto e o cheiro dos
teus vestidos é como o cheiro do incenso; o sorrir da
tua bôca é tão lindo como o dela, mas eu gosto mais do
teu, por menos divino e etéreo e porque mais me enfei-
tiça e me abrasa de amor; o teu hálito, minha pomba, é
melhor que os perfumes do país de Cedar; tua garganta é de sândalo; tua voz é um aroma; a luz dos teus
olhos é um diamante líquido; teus dentes são pérolas
de orvalho entre pétalas de rosa. Tu, entre as mulheres da terra, és a mais bonita, a mais sedutora e a mais
amável; entre as mulheres tu és como a palmeira entre
as outras árvores: não tens igual; és majestosa como
os cedros do Líbano e delicada e cheirosa como os
eloendros de Jerusalém!

Magdá deixava-se embalar pela música sensual e
mística destas palavras e o cheiro de murta. E, já sem
medos nem sobressaltos, quedava-se imóvel e comovida,
como se estivesse conversando em êxtases com um
Cristo só dela, um Cristo destronado e sem orgulhos
de Deus, um Cristo seu amante, fraco, de carne, sub-
misso e humano.

E a voz ainda disse, entrando-lhe pelos ouvidos,
pela boca, por todos os poros, com o seu aroma agreste
e afrodisíaco: — Levanta-te, minha amada, e torna
comigo ao nosso ninho de amor! Eu te busquei esta
noite a meu lado, busquei-te e não te encontrei! Er-
gui-me à luz das estrelas e rodeei como um louco a ilha,
e não te achei! busquei-te pelas matas, pelos vales e
pelo monte, e não te descobri! Chamei-te: "Magdá!
Magdá! Magdá!" e não me respondestes! Perguntei
às águas do mar, às árvores do campo, aos ventos do

O HOMEM 151

espaço, se tinham visto aquela a quem ama minh'alma
e todos eles não souberam dar novas tuas; e eu aqui
estou; eu vim buscar-te, e não tornarei sem te levar
comigo! Vem! Na tua ausência fiz um leito de madeiras aromáticas e alcatifei-o todo de flores, para te
receber; colhi os mais saborosos frutos para a tua
chegada, e fermentei a uva mais doce para nos embria-
garmos com ela!

— Sim, sim, respondeu afinal Magdá, entregando-se a ele; leva-me! Eu te acompanho de novo para
onde bem quiserdes! Carrega-me, querido! Preciso
ir beber do teu vinho, comer dos teus frutos, amar do
teu amor e reviver com o teu sangue! Leva-me! Aqui
me tens!

Sou tua!

XVI

Esta crise prostrou-a de cama por dois dias, dois
dias de febre e delírios, em que ela não deu acordo de
si e falava de coisas inteiramente estranhas para os
mais. Sonhava-se na ilha do Segredo.

Quando, enfim, se levantou havia já entrado total-
mente no terceiro período da moléstia. Estava cada-
vérica; os olhos muito fundos; as faces cavadas e a pele
estalando em pequeninas rugas, como porcelana velha.
Contudo, em nenhum dos seus gestos, como em nenhuma
de suas palavras se lhe notava desarranjo cerebral;
aparentemente era a mesma em orgulho, em virtudes
e em fidelidade aos seus princípios religiosos, apenas
sucedia que todas estas qualidades cada vez mais se
acentuavam com certo exagero progressivo. O cheiro
de magnólia e o gosto de sangue ainda a perseguiam
com maior ou menor intensidade. De novo o que Magdá
apresentava agora de mais notável eram umas espécies

152　OBRAS COMPLETAS DE ALUÍSIO AZEVEDO

de alucinações letárgicas, muito rápidas, que a acometiam de vez em quando e nas quais reatava quase sempre o seu último sonho; mas não falava durante essas crises, ficava num estado comatoso, extática, de olhos bem abertos, dentes cerrados, um ligeiro rubor nas faces; às vezes sorrindo e às vezes deixando que as lágrimas lhe corressem surdamente pelo rosto.

O médico recomendou que não a despertassem dessas letargias. "Deixassem-na lá, que por si mesma havia de recuperar a razão."

Outra novidade era que já não parecia sentir, como dantes, repugnância em ouvir falar no futuro cunhado de Justina; agora, ao contrário, quando esta se referia ao rapaz, a senhora escutava-a com interesse e até já lhe fazia perguntas a respeito do pobre diabo. Uma ocasião quis saber que tal era ele de gênio; quais os seus costumes, se bons ou maus; se estimava muito a noiva; se pretendia realizar em breve o casamento; se era homem dado a bebidas, ou ao jogo, ou a outras coisas feias. A criada informou muito a favor do Luís: elogiou-lhe o caráter; contou a suas boas ações, falou na sua economia, no seu amor pela mãe e pela avó, e terminou declarando que a Rosinha apanhara um homem às direitas. "Às direitas, como não?"

À filha do Conselheiro contrariaram um tanto estes elogios. Não sabia por que, mas intimamente desejava que aquele imbecil fosse mais desgraçado e menos digno de estima: preferia ouvir dizer pelos outros os horrores que ela tinha vontade e não podia despejar contra o miserável; preferia saber que ele era um perdido, sem a menor idéia de estabelecer família, um bêbado, devorado pela vil e baixa crápula das vendas e dos cortiços. E Magdá ficava revoltada, sentia as mãos frias de raiva, quando, ao chegar por acaso à janela, dava com o cavouqueiro que ia ou vinha do trabalho,

O HOMEM

153

ostentando o ar satisfeito de quem traz a vida direita e anda em dia com as obrigações.

— Ah! o seu desejo era descarregar-lhe um tiro na cabeça!

Um dómingo, em que ela espairecia à porta da chácara, o Luís passou na rua, todo chibante nas suas roupas de ver a Deus, de braço dado à noiva, e rindo muito e conversando com a mãe e com a velhinha Custódia: contentes que metia gôsto vê-los. Pois a filha do Conselheiro, só por causa disso, mostrou-se contrariada e ficou pior êsse dia. Tanto que, já de noite, estando a cismar na sala, com os olhos fitos num pequeno grupo de mármores que aí havia, ergueu-se, tomou-o nas mãos e, depois de o examinar com o rosto muito carregado, arremessou-o de encontro à laje da janela. O grupo representava em miniatura: "Amor e Desejo", de Miguel Ângelo — Um casal de quinze anos preso pelos lábios em um beijo ideal e ardente. — Quando o Conselheiro, deveras contrariado, perguntou quem havia quebrado a escultura, ela respondeu sem se alterar:

— Foi a Justina, papai, mas não lhe diga nada, coitada!

Sim, por último dera para isto: pregar destas pequenas mentiras e, se acaso queriam provar o contrário do que afirmava, punha-se furiosa, acabando sempre por desabafar em soluços a sua contrariedade. Assim, tendo uma vez matado um casal de rolas que havia na sala de jantar, só porque o surpreendera em flagrante delito de procriação, não só fugiu à responsabilidade do ato, como ainda afetou grande desgosto pela morte dos brutinhos, chegando a revolucionar toda a casa para descobrir o suposto assassino.

Entretanto, os sonhos com o Luís continuavam sem interrupção, e Magdá, a contragosto habituava-se com a sua existência em duplicata, ajeitando-se pouco a

154 OBRAS COMPLETAS DE ALUÍSIO AZEVEDO

pouco ao contraste daquelas duas vidas tão diversas e tão inimigas. Não podia ser mais feliz do que era ao lado do seu fantástico amante; ah! mas bem caro pagava depois essa felicidade, quando, acordada, o seu orgulho de mulher honesta abria em luta contra as degradantes lubricidades do sono.

Viviam nus desde o fatal momento em que se prenderam na ilha do Segredo. Luís construíra uma cabana de bambu, coberta de pindoba, e fez alguns utensílios domésticos; já tinham cama, bancos, um armário para guardar frutas, e dois ou três potes para conservar o mel das abelhas, o vinho do caju e o leite de uma cabra que apanhara no monte.

Cercaram a choupana com valentes toros de madeira e, quando anoitecia, levantavam uma fogueira defronte da porta. É que já se não sentiam tão seguros como dantes; Luís temia até qualquer invasão, porque, logo que o rio se converteu em mar, estava franqueada a ilha.

E, com efeito, um belo dia, passeavam os dois na praia, secando os cabelos ao sol depois do banho, quando avistaram no horizonte uma vela que se aproximava. Ficaram ambos transidos de sobressalto; Luís ordenou a Magdá que se metesse em casa e não saísse sem ser chamada por ele.

A filha do Conselheiro obedeceu, mas ficou espiando lá de dentro.

Daí a pouco viu chegar num escaler, tripulado por quatro marinheiros, um magote de seis pessoas que, pela distância, não podia reconhecer, distinguindo apenas que havia quatro mulheres no grupo; que um dos homens trazia farda de oficial de marinha e que o outro estava todo envolvido numa enorme capa negra, que lhe dava aparências de espectro.

O HOMEM 155

O oficial saltou na ilha e fez apearem-se as mulheres. Estas, logo que se pilharam em terra, correram de braços abertos sobre Luís, soltando gritos de contentamento. E, depois de muitos beijos e abraços, puseram-se todos a caminhar na direção da palhoça, acompanhados pelos quatro marinheiros que vinham armados de escopetas e machadinhas de abordagem.

Magdá reconheceu então que o oficial era o Conselheiro, vestido e remoçado como num retrato a óleo, que ele tinha no seu gabinete de trabalho em Botafogo.

Tremeu, quis fugir, mas lembrou-se da ordem de Luís e deixou-se ficar. Em uma das mulheres descobriu Justina; em outra Rosinha; nas outras a mãe e a avó do moço da pedreira. Vinham todas com as roupas do domingo; as duas velhas traziam lenços de ramagem na cabeça, e nos ombros xales encarnados de Alcobaça. As raparigas, com os seus vestidinhos de chita, tinham o ar contrafeito e grosseiramente sério das moças de cortiço; as mangas do casaquinho muito justas, quase insuficientes, dando difícil saída a punhos grossos, vermelhos e lustrosos, terminados em mãos curtas, socadas, de gordura sanguínea.

O outro, o da túnica negra, é que Magdá não conseguiu reconhecer, a despeito dos esforços que empregava para isso; só pôde distinguir-lhe as feições quando ele já se achava a uns quarenta passos da choupana. Era seu falecido irmão, o Fernando; vinha cor-de-cadáver, muito desfeito; parecia ter saído naquele instante da sepultura. Ela estremeceu toda e, com um arranco de anta bravia, pinchou o corpo para fora da toca e abriu num carreirão pelo mato.

— Não fujas! gritou Luís. — Não tenhas medo, que ninguém aqui te quer fazer mal!

— Magdá! Magdá!

— Espera, minha filha!

Era tudo inútil. Magdá, completamente nua, os cabelos soltos ao vento, lá ia, por trancos e barrancos, internando-se na floresta. Um fugir vertiginoso de cabrita assustada! Morros e valados desapareciam atrás dela; não havia encruzamento de cipó que lhe tolhesse a marcha, nem espinheiro, por mais bravio, que lhe quebrasse a fúria. E sentia atrás de si uma gritaria infernal e um tropel confuso de passos rápidos.

— Magdá! Magdá! bradavam-lhe na pista.

E ela corria mais. De repente — parou. Uma voz grossa exclamava-lhe pela frente:

— Cerca! Cerca!

Em menos de um minuto fecharam-na por todos os lados gritos de caçadores e passos que se aproximavam com vertigem.

— Cerca! Cerca!

— Por aqui!

— Por ali!

E de cada ponto surgiu logo uma cabeça de marujo, rompendo a argamassa das folhas.

Magdá caiu por terra sem forças, as carnes alanhadas, os pés em sangue, os cabelos arrebentados. Incontinenti os homens a rodearam, sem todavia nenhum deles lhe tocar um dedo; a prisioneira, estarrecida no chão, arquejava, cruzando as pernas e os braços para esconder as suas partes vergonhosas. Afinal chegaram os outros entre os quais vinha Luís, agora mais composto por uma capa, que o Conselheiro lhe pusera aos ombros; o primeiro a aproximar-se dela foi Fernando, que despiu logo a manta e estendeu-a sobre a nudez da irmã.

— Minha filha! minha filha! disse o Conselheiro, vergando-se para lhe dar um beijo. — Em que estado a encontro, meu Deus! E ordenou aos marinheiros que improvisassem uma padiola de bambus e folhas de bananeira.

O HOMEM 157

Daí a pouco Magdá era levada ao ombro daqueles para a cabana. Arrearam-na sobre o tosco leito fabricado pelo amante; deram-lhe a beber os confortativos que se foram buscar a bordo com toda a pressa e lavaram-lhe em arnica as feridas que ainda sangravam.

Quando conseguiu falar, pediu ao pai e ao irmão que não a castigassem.

— Castigar-te, minha filha...? respondeu o Conselheiro, afagando-a. — Não! Nada tenho que te exprobrar, porque agora compreendo que o moço da pedreira te salvou a vida, trazendo-te para o seu desterro. Se eu te obrigasse a ficar lá em casa, sozinha comigo, a estas horas estarias sem dúvida debaixo da terra; ao passo que aqui — vives! e estás forte, e bela, e feliz! Não! eu te abençôo, como abençôo a este rapaz, cujos esforços foram muito mais proveitosos que os do Dr. Lobão!

E, palavras ditas, o pai de Magdá abraçou-se a Luís.

— Não desejo contrariar-te... prosseguiu ele voltando-se de novo para a rapariga, com os olhos carregados de água, se quiseres continuar a viver aqui, fica; se quiseres voltar para a minha companhia, eu te receberei e mais ao teu homem; apenas o que lhes peço, quer vão ou fiquem, é que se casem e quanto antes. Trouxe no meu navio um padre e tenho a bordo o necessário para armar o altar.

— Pois está dito, balbuciou Magdá. E chegando os lábios ao ouvido do pai, disse-lhe um segredo, que a ela própria fêz corar, mas que a ele encheu de vivo contentamento.

— Um neto, exclamou o Conselheiro. — Oh, que felicidade!

Magdá, afogada em pejo, tapou-lhe a boca com a polpa da mão.

158 OBRAS COMPLETAS DE ALUÍSIO AZEVEDO

— Ter um neto era o meu sonho dourado! Como vou ser feliz no resto da minha vida!...

— Ora, papai!...

— Que mal faz que o saibam todos, se vais esposar o pai de teu filho?... acaso, desse momento em diante, não ficarás reabilitada aos olhos do mundo inteiro!

— Cale-se, papai...

— Não! Deixa-me falar! Deixa-me dar expansão à minha alegria! Não vês como estou rindo?... e não sentes, minha filha, estas lágrimas que me abandonam, porque o coração, de tão contente que está, as enxota de casa, como inúteis de hoje em diante? Oh! obrigado, Magdá! muito obrigado!

De junto, Fernando contemplava-a silenciosamente com o seu imóvel e apagado olhar de morto; os braços em cruz sobre o casco do peito; a pele sem brilho; as barbas ressequidas e cobertas de pó. Agora é que ele de todo se parecia com o Cristo de Mater Dolorosa; a irmã teve impulsos de ajoelhar-se defronte daquela melancólica imagem e rezar, como fazia dantes nas suas tredas escápulas religiosas.

Ficou resolvido que o casamento se efetuaria daí a dois ou três dias com a maior solenidade que lhe pudessem dar. Começou-se logo a construir outra casa maior, não mais de bambus amarrados com embira e coberta de folhas de pindoba, mas feita de madeiras escolhidas, forrada de tábuas pela parte de fora e de lona pela parte de dentro. Mobiliaram-na depois com muito gosto e sortiram-na com enorme provisão de mantimentos em conserva, e pipas de vinho e aguardente e latas de bolacha inglesa. E vieram também aparelhos de porcelanas e lanternas e candeeiros, muitas caixas de velas, jarros, quadros, um piano, colchão, colchas lavradas e roupas de toda a espécie, não esquecendo as jóias, os livros e mais

O HOMEM 159

objetos de que se privara Magdá ao partir com o cavouqueiro.

— Mas isto é uma mudança completa! Meu pai
não deixou nada em terra...! — observou ela, notando
as coisas que desembarcavam e reconhecendo-as uma por
uma.

Com efeito, vinha tudo; lá estavam as louças da
Saxônia, os candelabros bizantinos, as peles da Sibéria,
as velhas tapeçarias do Salão de Botafogo, os capri-
chosos caquemolos, os espelhos, os damascos bordados a
ouro e prata, e os consolos com mosaicos de Florença.
É que o Conselheiro, uma vez que a filha não estivesse
resolvida a acompanhá-lo, voltaria à vida inconstante
do mar, para nunca mais se desprender no seu navio.

Pronta e armada a casa, principiou-se a fazer defronte dela um altar ao ar livre, com uma imensa cruz
de cedro tosco entre duas palmeiras e fincada num grande pedestal de troncos d'árvores, cujos degraus não se
viam, era tal a profusão de flores que os carregava de
alto a baixo. Arranjaram-se faróis para iluminar toda
a ilha, e a tripulação de bordo saiu, em parte armada de
espingardas, a caçar pela floresta, e em parte carregada
de redes para a pescaria. Engendrou-se uma soberba
tenda destinada ao banquete, embandeirou-se tudo e
pregaram-se lanternas chinesas em volta da habitação.

No dia das bodas cinqüenta peças de caça e outras
tantas de pesca rechinavam e lourejavam sobre brasei-
ros e fogueiras; grandes tachos de cobre luziam ao fogo,
soprando nuvens de vapor odorante; fabricavam-se os
doces mais estimados, batiam-se as massas mais delica-
das. E os marinheiros, agora de avental branco e cara-
puça de cozinheiro, cruzavam-se no morro, ora levando
largas braçadas de frutas, ora carregando enormes tra-
vessões de assado, ou conduzindo para a mesa ânforas
de prata cheias de vinho. Havia uma grande atividade;

160 OBRAS COMPLETAS DE ALUÍSIO AZEVEDO

a velha Custódia e a tia Zefa não descansavam um segundo, iam e vinham azafamadas, a saia enrodilhada na cintura, os braços arremangados, tão depressa a encher garrafas e canjirões, como preparando ramilhetes para os jarros ou pejando as corbelhas com frutas que lhe traziam os marujos. O Conselheiro, sempre de farda, dirigia todo o serviço tal qual como se manobrasse um navio; só dava as suas ordens apitando ou então gritando por um porta-voz de que se não separava nunca. E ao seu comando afestoava-se toda a ilha, com uma rapidez de serviço de bordo.

A cerimônia religiosa estava marcada para o meio-dia em ponto e devia ser seguida por uma salva de vinte tiros de canhão, toque de caixa e cornetas, repiques de sino e vivas da marinhagem. O capelão havia chegado já, acompanhado por dois marujos vestidos de batina e sobrepeliz, vendo-se-lhes por debaixo as botas de couro cru, sentindo-se-lhes ranger o cinturão e adivinhando-se-lhes a navalha grudada aos largos quadris. Os turíbulos e a caldeirinha pareciam em risco de esfarelar-se entre os seus dedos grossos como cabos de enxárcia. Aquelas caras marcadas, com a barba feita de fresco e uma faixa branca no lugar da testa em que o boné não deixava que o sol as encardisse, não pareciam de gente, e, no entanto, coisa singular! ambas lembravam a carranca do Dr. Lobão. Magdá, ao vê-las, retraiu-se intimidada e não se animou a dar palavra, nem a mexer-se do lugar em que estava. Ficou tolhida, a fitá-las por muito tempo.

A voz da Justina despertou-a com uma vibração estranha, que a fez estremecer toda; uma voz que desafinava do resto.

— Que é, mulher? perguntou Magdá, arregalando os olhos sobre ela.

O HOMEM 161

Acordara por instantes, mas não chegou a reconhecer o seu quarto da Tijuca.

— Então, minh'ama não se veste?... Fica vosmecê desse modo a olhar para mim?... Vamos, prepare-se...

— Sim, tens razão; são horas. Dá-me o banho.

E acrescentou de si para si:

— Está tudo pronto! Já chegou o padre com os seus ajudantes; meu noivo deve agora parecer lindo como um Deus! Vou perfumar-me e fazer-me bela, para que ele mais se abrase de amor assim que me veja...

Era o delírio que prosseguia, mesmo sem a intervenção do sono.

A criada trouxe-lhe o banho que lhe servia todos os dias; ela, porém, supondo-se na sua casa da ilha, tinha que se lavava em águas perfumadas e que cortava e brunia as unhas, alisava os cabelos com óleo cheiroso, enchia-se de aromas finos, e em seguida que se cobria toda de rendas e cambraias e punha um vestido de veludo branco bordado de prata, calçava meias de seda finíssima, sapatinhos de cetim e guarnecia a cabeça e o pescoço com longos fios de pérolas.

Mirou-se no espelho e nunca se achou tão bela.

— Está pronta a noiva! Está pronta a noiva! — exclamaram de todos os lados, assim que a viram surgir à porta da habitação, acompanhada pela Justina.

Os marujos soltaram gritos de entusiasmo.

Magdá volveu os olhos em redor de si e notou, sorrindo, que, nem só as pessoas que ali estavam, como também a natureza inteira, pareciam alegrar-se com a sua felicidade; mas deixando cair a vista para o fundo do vale, teve um sobressalto: lá embaixo, na fralda do monte, o espectro de Fernando passeava tristemente por entre as árvores, arremedando Cristo no Horto das Oliveiras; tinha os passos lentos, a figura alquebrada,

162 OBRAS COMPLETAS DE ALUÍSIO AZEVEDO

uma doce resignação na fisionomia. Viu depois uma mulher aproximar-se dele, atirando-se ao chão para lhe beijar os brancos pés descalços e a fímbria da sua túnica rota pelos espinhos e embranquecida pela areia das estradas; reconheceu Rosinha. E a dura melancolia daquele canto de paisagem, mergulhado na sombra, lembrava Jerusalém; e a menina do cortiço, com as suas roupas em desalinho, cabelos soltos e cobertos de terra, o rosto escorrendo de lágrimas, parecia estrangulada por uma aflição profunda e fascinadora como a de Maria Madalena. A infeliz abraçava-se às pernas de Fernando, desfazendo-se em queixas e lamentos, que Magdá não conseguia ouvir; ele, afinal, ergueu-a carinhosamente, pousou-lhe a mão aberta sobre a cabeça, e, terno e comovido, tornou para o céu os olhos castos, onde havia súplicas de infinita doçura.

Rosinha pôs-se então a rezar vergada sobre o peito; enquanto o outro se afastava, caminhando sutil, que nem uma sombra, por entre as árvores.

Magdá desceu de carreira pela encosta da montanha na direção que ele tomara. O seu vulto de noiva sobressaía errante na azul penumbra dos caminhos como um lírio levado pelo vento; mas, quando alcançou a campina, já Fernando ia distante.

— Atende! atende! gritou atrás dele.

O espectro não atendeu e lá foi por diante, agitando às brisas do mar a sua túnica solta.

— Fernando! irmão meu! amado de minha alma, não me fujas!

E o lírio precipitava-se pelo vale, sem conseguir alcançar a sombra dos seus amores.

Venceram assim toda a floresta; a sombra sempre a fugir e o lírio a persegui-la; até que chegaram às margens da ilha, e Magdá viu estender-se o oceano defronte de seus olhos. E a sombra, a fugir-lhe sempre, ganhou

O HOMEM 163

as águas, andando por sobre elas, como Jesus sobre o lago de Genesaré.

A sonhadora parou na praia, resignada e triste, e o seu olhar acompanhou aquela estremecida sombra fugitiva que se fazia ao largo, até vê-la desaparecer de todo no infinito das ondas.

"Eu como sol a buscar-te... tu como sombra a fugir-me!..." pensou, tornando então sôbre seus passos, e ajoelhando-se de vez em quando, para beijar em êxtases as pegadas que Fernando deixara na areia. Afinal penetrou de novo na mata e, caminhando distraidamente, chegou à fralda da montanha sem dar por isso de tão preocupada que ia.

Uns soluços que vinham do fundo do vale despertaram-na do seu enlevo. Encaminhou-se para lá, e descobriu Rosinha, deitada de bruços à sombra de uma figueira brava, chorando, com o rosto escondido nos braços.

Aproximou-se dela e tocou-lhe no ombro; a outra pôs-se de pé e teve um gesto de cólera quando reconheceu a rival.

— Está zangada comigo?... — perguntou a filha do Conselheiro, fazendo-se meiga.

— E a senhora ainda mo pergunta? Rouba-me o noivo e pergunta se estou zangada! Tem graça!

Magdá procurou acalmá-la, dizendo-lhe com extrema brandura que o Luís, que Rosinha conhecia no cortiço, o moço da pedreira, era um ser fantástico, um mito; e que o único verdadeiro Luís, o existente, era o da ilha, o poderoso monarca, o senhor daqueles domínios, um ente superior, um ente privilegiado por Deus, que lhe concedera o dom de tomar na terra a encarnação que lhe aprouvesse. Rosinha que se conformasse com a sorte, coitada! que se resignasse, que tivesse paciência; mas o Luís, o legítimo, o único, o rei da ilha, esse lhe

164   OBRAS COMPLETAS DE ALUÍSIO AZEVEDO

pertencia a ela, Magdá, e nunca seria de nenhuma outra mulher.

— Isso é o que veremos! — replicou a moça do cortiço, lívida de raiva. — Não é a mim que a senhora convence de que este Luís não é aquele mesmo que me havia prometido casamento! Ah! eu não tenho, bem sei, os seus segredos para o enfeitiçar, mas também juro-lhe que o verdadeiro amor, o amor que ele me inspirou, sincero e ardente, é capaz de tudo e é mais poderoso do que quantos artifícios possam imaginar as bruxas da sua espécie! O que lhe afianço pelo menos é que eu, desprezada como sou, seria mulher para dar por ele a minha vida, ao passo que a senhora, só com o fim de se fazer bonita, lhe tem roubado todo o sangue!

— Cala-te, miserável!

— Ah, pensavas que eu não sabia...? Bem te conheço, vampiro! Não é à-toa que o pobre rapaz ultimamente anda tão fraco, que nem pode subir à pedreira sem ficar cansado! Ele, o Luís, dantes mais rijo e mais ágil que um potro! Ah, mas conto que a tia Zefa há de descobrir que lhe estás matando o filho! Livre-te Deus de que a velha Custódia suspeite de longe o que se tem passado com o neto! Aquela velhinha, ali onde a vês, é capaz de arrancar-te a língua pela boca, ladra fementida!

E a rapariga do cortiço, dando em Magdá um empuxão que lhe abalou o corpo inteiro, exclamou terrível:

— Vai! vai! casa-te com o Luís! farta-te, loba! As festas estão prontas! o altar está armado! a cama está juncada de flores! Vai, deita-te, mais ele, e logo que o tenhas embebedado com o teu almíscar de cobra traiçoeira, suga-lhe o resto do sangue, sorve-lhe a última gota! Vai, agora és a dona do homem, como és a rainha desta ilha! Vai; mas eu te juro, sanguessuga, que te hei de perseguir mesmo depois da tua morte!

O HOMEM 165

— Então, Magdá! então! disse o noivo, aparecendo por entre duas moitas de crótons. Há boas horas que te esperamos lá em cima para a celebração das nossas núpcias, e tu aqui a conversares com esta sujeita. Anda, vamos, meu amor; estou farto de procurar-te!

Ele vinha vestido de veludo carmesim com botões de ouro, calção largo, blusa apertada na cintura, donde lhe pendia uma espada cintilante de pedraria; polainas pretas de couro envernizado; chapéu cinzento de abas largas com uma grande pluma branca que lhe ia até ao pescoço, destacando-se do ébano brilhante dos seus cabelos encaracolados, como uma pena de garça entremetida na asa de um pássaro negro; capa escura com forro cor de sangue e em volta do colo uma reluzente cadeia de esmeraldas, safiras e rubis.

Deu-lhe o braço Magdá pousando a cabeça sobre o ombro dele. E puseram-se ambos a subir a montanha, salpicados pelo sol que se peneirava por entre as folhas e chicoteados por um olhar ameaçador de Rosinha, que resmungava:

— Vão, vão, mas que a cama de vocês dois se transforme num espinheiro bravo!

XVII

Depois destes delírios, tão complexos, que em parte foram sofridos durante o sono e parte durante as letargias, agora mais repetidas e prolongadas, Magdá piorou consideravelmente. Ouviam-se-lhe já no meio da conversa palavras de um sentido estranho, que ninguém compreendia; por exemplo: querendo certa vez dar idéia de um grande estampido, disse: "Fez tamanho estrondo, que nem um rio quando se transforma em mar." Os que a escutavam olharam-se entre si disfarçadamente. Outra ocasião, falando de um susto que apanhara, usou

166 OBRAS COMPLETAS DE ALUÍSIO AZEVEDO

desta frase: "Assustei-me ainda mais do que no dia em que o Fernando me foi visitar à ilha". E, como estas, fugiam-lhe muitas referências à sua vida fantástica; coisas que ela dizia com a maior naturalidade enchendo não obstante de lágrimas os olhos do Conselheiro e provocando no Dr. Lobão um desesperançado sacudir d'ombros. Este último se mostrava mais do que nunca empenhado no tratamento da enferma, a ponto de descuidar-se da própria casa de saúde — a menina dos seus olhos. "Porém não era, dizia ele, a filha do amigo o que tanto o prendia e interessava, mas simplesmente o caso patológico. Puro interêsse de médico".

Justina admirava-se de ver a sua ama tão desvelada pela família do Luís: não se passava um só dia sem que Magdá lhe fizesse várias perguntas a respeito dela, principalmente sobre a noiva do cavouqueiro, a rubicunda Rosinha. Quando a criada lhe deu parte de que o casamento estava definitivamente marcado para o seguinte mês, a senhora estremeceu e encarou-a por tal modo, que a rapariga julgou vê-la cair ali mesmo com um ataque de convulsões.

— É então no mês que vem?... interrogou depois do abalo.

— Se Deus quiser, minh'ama. E as roupas da cama estão quase prontas, que era só o que faltava. Ah! eu penso com o Luís que a gente não deve casar sem ter arranjado umas tantas coisas, como não? É muito feio casar-se uma pessoa sem enxoval, inda que seja um enxoval pobre, mas contanto que cheire a novo!

Daí em diante a filha do Conselheiro indagava quotidianamente da criada "se o casamento era sempre no mesmo dia", como se contasse com qualquer inesperado incidente que o transferisse ou desmanchasse de um momento para outro. Todavia, a sua existência quimérica dos sonhos prosseguia com a mesma regula-

O HOMEM 167

ridade: Uma vez casada com o belo e encantador príncipe, declarou ao pai que não se achava disposta a abandonar a ilha, e pediu-lhe que a fosse visitar de quando em quando, visto que ele agora tencionava ficar para sempre erradio sobre as águas do mar. O Conselheiro retirou-se triste com os seus companheiros de viagem, deixando aos desposados tudo o que de supérfluo havia a bordo e a Justina para os servir. A vida ideal dos dois amantes tornou-se então muito humana, muito deliciosa e fácil. Comiam em baixelas de prata e em porcelanas da Índia; bebiam em taças de cristal da Boêmia; vestiam-se confortavelmente de linho, veludo e seda; tinham leito macio e, à noite, fechados no doce aconchego do lar, Magdá cantava às vezes ao piano e de outras lia em voz alta, para entreter o marido, ou jogavam as cartas antes do chá. Luís em breve já não era o mesmo selvagem, graças à mulher, que lhe dava lições de leitura, de escrita, de desenho e de música, o que ele aprendia tudo com talento verdadeiramente sobrenatural.

E assim viveram felizes até ao dia em que a filha do Conselheiro percebeu que ia ser mãe. Preparou-se o ninho e ela deu à luz sem a menor dificuldade, nem o mais ligeiro vislumbre de dor: um parir silencioso e tranqüilo como o dos vegetais.

Era menino. Forte, moreno, de cabelos e olhos pretos; o mais extraordinário, porém, é que a criança não se parecia com o pai, nem com a mãe; parecia-se com o Fernando. Não o Fernando escaveirado e espectral que lhe apareceu na ilha, mas o dos bons tempos de Botafogo; aquele belo moço a quem ela tanto amara e tanto desejara possuir. O pequeno tinha a mesma doçura no olhar, o mesmo enternecimento no sorriso; eram as mesmas feições e a mesma palidez aveludada e fresca. Magdá amamentava-o pensando no irmão.

168 OBRAS COMPLETAS DE ALUÍSIO AZEVEDO

— Como havemos de chamá-lo? perguntou Luís.

— Fernando! Está claro, respondeu ela.

E a partir daí, Magdá vivia nos seus sonhos exclusivamente para o filho. Era feliz, muito feliz com essa nova dedicação que absorvia todas as outras; mas acordada, uma dolorosa tristeza pungia-lhe a alma à vista dos seus mesquinhos seios, fanados e emurchecidos antes do tempo, como fruta perdida que não chegou a sazonar. Vinham-lhe lágrimas aos olhos quando comparava o seu magro corpo da vida real com a opulenta carnação que na outra vida possuía; chorava contemplando a pobreza das suas espáduas de tísica, considerando os seus quadris sem curvas, a exiguidade dos seus braços, a miséria das suas pernas de esqueleto; chorava mirando no espelho o seu rosto de múmia, os seus lábios secos e estalados; chorava observando de perto as suas mãos transparentes e trêmulas.

E começou então a preferir o sonho à realidade; tomava-se de amores por ele à proporção que se aborrecia desta. Aquela dura repugnância cheia de ódio, que sentia acordada contra o fiel companheiro dos seus delírios e contra si própria, não a experimentava absolutamente contra o filho; ao contrario: sempre que se lembrava deste entezinho fantástico, possuía-se de ternura, como se ele com efeito lhe houvera saído das entranhas. Agora até era a primeira a provocar o sono ou a letargia. Muitas vezes, de repente, tais saudades lhe acudiam do pequenino, que a infeliz chegava a tomar láudano para dormir mais depressa e por mais tempo; e adormecia sorrindo de contentamento e pedindo a Deus que lhe fizesse os sonhos bem longos, intermináveis; e acordava amaldiçoando a vida real, contrariada e triste, sem achar consolações para a ausência do seu filhinho amado.

O HOMEM 169

E este amor de mãe foi crescendo tanto e enfolhando tão depressa, que o Luís afinal se resguardava perfeitamente à sombra dele. Magdá, quando acordada, já não o maldizia; já não sentia aquela negra aversão, aquele nojo, que lhe inspirava dantes o moço da pedreira. Oh! dava-se agora justamente o oposto: quando da janela do seu quarto, ela via o pobre diabo passar lá embaixo para o trabalho, ficava compungida e acompanhava-o com um enternecido olhar de bondade; tinha até desejos de o chamar e dizer-lhe: "Olha, Luís, deixa aquele estúpido serviço da pedreira; sobre ser muito bruto, é muito ingrato! Ali um homem está sempre com a vida em perigo; a rocha é traidora! não confies na submissão com que ela consente que lhe retalhem todos os dias o ventre; lá uma bela vez, quando menos o esperares, zanga-se, e ai de ti, meu amigo, serás devorado! O cavouqueiro é como o domador de feras: acaba sempre nas garras da que ele explora... Olha, queres saber? Vem cá para casa; o que aí não falta são comodos desocupados, e sobra sempre à mesa bastante comida!" E, de bom grado, Magdá pediria ao Conselheiro para tomar ao seu serviço o pobre rapaz; não porque ela o quisesse perto de si — nada disso! — mas simplesmente para lhe fazer bem, para o tornar um pouco menos desgraçado: "E, como lhe querer mal?... como não o estimar, coitado, se ele no fim de contas era o cúmplice do seu crime e ao mesmo tempo o da sua felicidade? Se não fosse Luís ela possuiria um filho, e o filho era para Magdá a melhor coisa do mundo!

Sim, no seu espírito alucinado já não protestavam conveniências sociais, nem tradições de costumes, nem hábitos de donzela; o seu pudor despira-se; agora só o que lhe dominava o espírito, que lhe enchia o coração, era a idéia do filho; era a mística loucura desse amor visionário por aquela criança de olhos meigos, que es-

170 OBRAS COMPLETAS DE ALUÍSIO AZEVEDO

tava sempre a chamá-la de longe, lá das misteriosas margens da ilha encantada dos seus sonhos; era a saudade dessa criaturinha ideal, que ela já não podia deixar de ver, não só todas as noites durante o sono, mas a todo instante, na deliciosa insânia dos seus êxtases. O filho era a sombra de Fernando; ela vivia para esta sombra.

XVIII

E entanto, na verdadeira casa de Luís, na casinha do cortiço, as coisas corriam de modo muito diverso.

Aí é que havia sincero contentamento e legítima felicidade; aproximava-se o dia do casório do rapaz e, tanto a noiva como as duas velhas, resplandeciam de júbilo. Falava-se desde pela manhã até à noite no grande assunto, e discutiam-se já os doces, o carname, o peixe frito e a vinhaça da pagodeira.

Ah! que eles teriam uma festa para se ver, ninguém o punha em dúvida. "Como não? Seriam os primeiros da família que se casassem à capucha, como a qualquer ovelha sem pastor! Não! que para isso, graças a Deus, ainda havia quatro vinténs no fundo da arca!"

E a velha Custódia, a tia Zefa e a Rosinha saracoteavam pela estalagem, mesmo durante o serviço, a responder para a direita e para a esquerda; a falar com este, a dar trela àquele, sem sossegar um instante, a rir, a papaguear, e sempre com o casamento na boca. Agora cantavam mais durante o trabalho, mas nem por isso labutavam menos. A pequena, muito roliça e esfogueada pelo ferro de engomar, mostrava a toda amiga que a visitava o seu vestido de cambraia branca, o seu véu, a sua grinalda, o seu ramo de cravos artificiais, como as suas camisas e as sua anáguas novas em folha,

O HOMEM 171

algumas até com renda. Estava provida de tudo; ninguém o podia negar! "Só vestidos de chita, dessa à moda, tinha cinco prontos e fazendas para outros tantos; meias — que fazia pena calçá-las, de tão lindas; e muita peça de morim para lençóis e roupa branca, e belas fronhas bordadas, e mais uma colcha de lã. — Ah! Ah! — verde e amarela, com as armas imperiais no centro, que era uma grandeza!"

A Justina dava de vez em quando uma escapula até lá e voltava entusiasmada, falando pelos cotovelos. No dia em que se esperava a tal cama prometida pelo padrinho do Luís, ela não parou cinco minutos em casa dos amos, tão depressa a viam aí, como no cortiço.

— Já chegou? Pois ainda não veio? Oh, que demora! — Quem sabe se o homem não manda... Ele é tão agarrado!

— Não! Há de vir! Ainda não deu meio-dia! Com poucas ela aí está!

E havia no cortiço uma grande impaciência pela chegada da cama. A cama era o grande acontecimento do dia.

— Virá.

— Não virá?

Fizeram-se apostas na estalagem. Rosinha, de instante a instante, largava o ferro e corria à porta, para dar uma vista d'olhos pela rua; de uma das vezes voltou saltando, batendo palmas e a gritar como louca:

— Aí vem ela! Aí vem ela!

E, com efeito, na esquina da rua surgiram seis negros descalços e em mangas de camisas, a cantarem em voz alta, equilibrando na cabeça uma enorme cama do tempo antigo; bastante usada, mas polida de novo. Vinha armada e trazia já o colchão, os lençóis e um par de grandes travesseiros.

172 OBRAS COMPLETAS DE ALUÍSIO AZEVEDO

Era toda de jacarandá com embutidos de madeira amarela, muito larga; tinha forma de caixão, e o espelho de cabeceira media nunca menos de dez palmos de altura. Dos quatro cantos erguiam-se colunas oitavadas, de uns três metros de comprimento, sustentando uma formidável cúpula do feitio de um chapéu do Chile, a que quadrassem as abas, forrada por dentro e por fora de cetim azul já desbotado. No alto das colunas, e sobressaindo dos ângulos do sobrecéu, aprumavam-se dois pares de respeitáveis maçanetas que pareciam quartinhas da Bahia.

Foi um sucesso em todo o quarteirão a chegada desta velha relíquia dos bons tempos: os vizinhos de Luís assomaram à janela atraídos pelo grosseiro canto dos africanos; o cortiço inteiro agitou-se; as lavadeiras abandonaram as tinas e os coradouros e vieram ruidosamente ao portão da estalagem, com os braços nus, saias arrepolhadas no quadril, mostrando pernas sem meias e grossos pés metidos em tamancos; a pequenada descalça acompanhava os carregadores numa grande algazarra, o homem da venda acudiu em camisa de meia, o peito muito cabeludo aparecendo; pretos e pretas, que andavam nas compras do jantar, estacionaram em frente ao cortiço com a cesta no braço; negras minas pararam para olhar, monologando em voz alta, o tabuleiro na cabeça, e na mão um banquinho de pau; algumas traziam ainda um filho escarranchado atrás, nos rins, e encueirado numa toalha, cujas pontas elas amarravam na cintura. A velha Custódia apareceu, levando enfiada nos dedos uma meia, que cerzia; a tia Zefa e mais Rosinha, essas não se puderam conter, e foram logo ao encontro dos carregadores, gritando, ralhando, afastando com berros a molecagem que não se arredava nem à mão de Deus Padre; Luís, lá do alto da pedreira, onde estava trabalhando a essas horas,

O HOMEM

173

mal compreendeu pelo movimento da rua que a sua cama chegava, desgalgou o morro e precipitou-se de carreira para o cortiço, nu da cintura para cima, muito suado e coberto do pó branco da pedra.

Os carregadores chegaram por fim defronte do portão da estalagem, pararam a um só tempo, e, depois, com uma certa manobra especial, volveram para o lado da entrada, continuando sempre a cantar; seguiram enfim, e os curiosos seguiram atrás deles. O cortiço foi invadido por muita gente e então principiou a verdadeira balbúrdia. Destacavam-se os gritos do Luís, da tia Zefa e da Rosinha.

— Olha como a viras, estupor! Queres quebrar-lhe as maçanetas?

— Força mais para a esquerda, com os diabos!

— Arriba!

— Vira!

— Abaixa!

— Olha a árvore!

Todos se metiam a ajudar, mas o demonhão da cama não entrava, nem mesmo pelos fundos da casa.

— Também não sei pra que um espantalho deste tamanho!

— E o que tem você com isso. Mêta-se lá com a sua vida!

— Ali dormem seis casais à larga!

— Podia caber-lhe a família tôda em riba!

— Arrea!

— Livra!

— Torce!

Já a gaiola de um papagaio, que havia na parede, tinha ido pelos ares, levando o louro preso na corrente, a gritar como se o estivessem matando; um pequeno filho de uma lavadeira, berrava com um trompázio que apanhara sem saber de quem. "Era bem feito, para não ser intrometido!" O cão da casa junto com os da vizinhança, protestava energicamente contra a invasão daquele monstro de jacarandá que tudo revolucionava. Fazia-se um catatau infernal; todos aconselhavam; todos queriam mandar; todos falavam ao mesmo tempo; mas, melhor que gritassem: "Arrea! — Torce! — Levanta! — Agasta! — Agüenta! — Pára!" o monstro não passava do quintal e mesmo para chegar lá, fora preciso arrancarem-se algumas estacas da cerca que separava a casa do cortiço.

Afinal, um marceneiro do bairro, quieto até aí a presenciar a função com um superior e mudo desdém, disse, torcendo o cavanhaque: "que se quisessem, ele desmancharia aquela caranguejola e comprometia-se a armá-la no quarto, tal qual como se a entregassem". Surgiram logo mil opiniões; umas contra e outras a favor da proposta, e só depois de dolorosa discussão, em que o marceneiro não deu palavra, resolveram desarmar o monstro.

— Ora, que pena! lamentavam.

— Que lástima não entrar armada!

A cama foi levada para o meio do quintal, e o homem do cavanhaque, que tinha feito vir já a sua ferramenta, meteu mãos à obra, cercado de gente por todos os lados. Rebentaram de novo, ao redor, os comentários, as chuvas e os ditérios.

Luís, ao lado da noiva, acotovelava-a, sorrindo e piscando o olho para o lado dos colchões.

— Ali em cima é que eu te quero pilhar!... considerou, dando-lhe uma pontada no bojo do quadril.

Rosinha conteve o riso e resmungou, abaixando os olhos:

— Este sem-vergonha!...

Não obstante, entre todos os curiosos que presenciavam a espetaculosa chegada do leito nupcial do ca-

O HOMEM 175

vouqueiro, o mais impressionado não estava ali, nem na rua, estava sim lá defronte, na casa de S. Exa., espiando por detrás das grades de uma das janelas do sobrado.

Era Magdá.

Estranho abalo punha-lhe nos sentidos aquela escandalosa exibição de cama em pleno ar livre. Vendo-a, como a viu, publicamente armada e feita, patenteando sem menor escrúpulo o seu largo colchão para dois, com travesseiros duplos, afigurava-se-lhe ter defronte dos olhos um altar que se trazia de longe, para a cruenta e religiosa cerimônia do desfloramento de uma virgem. Havia alguma coisa de pagão e bárbaro em tudo aquilo; alguma coisa que a levava a pensar na paradisíaca imprudência dos seus sonhados amores; alguma coisa que a levava de rastros, puxada pelos cabelos, para a vermelha sensualidade dos seus delírios.

A cama, apesar de recolhida ao cortiço, não desapareceu para ela, que continuou a vê-la com a imaginação, já muito maior, fantasticamente grande. Depois, viu surgir, deitado de barriga para o ar sobre o colchão, a dormir, completamente nu, como nos primeiros dias da ilha, Luís — esse homem com quem afinal todo o seu ser habituara, nem se com efeito houvera passado com ele as melhores noites da sua vida.

Depois, viu surgir um pequenito ao lado do cavouqueiro; reconheceu o filho, e notou, sobressaltada, que este chorava de susto. Procurou o que metia medo à criança, e descobriu então aos pés da cama, que atingira proporções colossais, três mulheres: uma muito moça, outra de meia idade e a terceira já bastante velha, e todas desesperadas por lhes não ser possível subir até onde estava Luís. Magdá observava isto do alto, imaginando-se no interior da cúpula do leito, cujo cetim azul a pouco e pouco se estrelava, transformando-se

176   OBRAS COMPLETAS DE ALUÍSIO AZEVEDO

em um céu, onde ela se mantinha suspensa como se tivesse asas.

E notou que a mais moça das três mulheres levantava aflitivamente para ela o olhar afogado em lágrimas, pedindo-lhe por amor de Deus que lhe restituísse o seu noivo.

— Ele não serve para a senhora, exclamava a mísera entre soluços; é um pobre-diabo muito à-toa; muito grosseiro, só serve mesmo para uma rapariga de cortiço como eu! Restitua-me o Luís, senhora! Não lhe tire mais o sangue! não o mate, não o mate, por tudo o que V. Exa. mais estima na vida! Se lhe desagrada vê-lo comigo, juro-lhe que nunca estarei com ele; que não nos casaremos; prometo que iremos os dois cada um para seu lado; prometo o que a senhora quiser; tudo, tudo! mas, por amor de Deus, não o mate, não o mate, minha rica senhora!

Magdá riu-se, e a rapariga, vendo que as suas súplicas eram baldadas, atirou-se ao chão, estrangulada pelo pranto. Então a velhinha, ameaçando a filha do Conselheiro com o punho fechado, gritou colérica:

— Malvada, põe já pra cá o meu neto ou ruim praga te perseguirá para sempre! Larga o homem que não é teu! Entrega o seu a seu dono, ou que Deus Nosso Senhor te rache a madre com o mal dos lázaros!

E Luís continuava a dormir. E Magdá sorria, de má.

A outra mulher enxugou os olhos e pegou então de falar, suplicante:

— Senhora, minha senhora, tenha dó de uma pobre mãe!... Dê cá o meu filho, dê cá o meu querido Luís! Ah, se vosmecê soubesse o que é ser mãe, com certeza não mo negaria... Dê-mo, bem vê que o reclamo de joelhos... Se a sua questão é de beber sangue, aqui estou eu — sou forte, muito mais forte do que ele... repare

O HOMEM 177

para as minhas cores; veja como tenho as carnes rijas e socadas; comprometo-me a deixar que vosmecê me sugue até à última gota; mas, por quem é, poupe-me o rapaz, que o pobrezinho já não pode mais alimentá-la... está muito fraco, está quase com a pele nos ossos!

Magdá sorriu ainda e Luís não acordou; o pequenito é que parecia agora muito intimidado por aqueles clamores: calara-se de medo, e, engatinhando, fora até às bordas do calção, cuja superfície se havia por último coberto de relva. As mulheres, logo que deram com ele, começaram a atirar-lhe pedras; estas, porém, não chegavam ao seu destino, porque a cama, sempre a crescer, era já um grande morro plantado de bambus. E, como os lados do leito se transformaram em declives de montanha, as três puseram-se a subir, chamando por Luís e correndo em direção ao menino; este abriu de novo a chorar, fugindo; e Magdá, percebendo-o em risco, precipitou-se do alto e foi cair ao seu lado, tratando logo de resguardá-lo com o corpo, gritando ao mesmo tempo pelo marido.

Mas o lugar em que ela agora se julgava já não era um descampado relvoso; via-se dentro da sua casa fantástica na ilha ao lado do filho e do marido; perfeitamente abrigada e defendida. Lá fora roncava uma tempestade, estralejando no espaço, entre uivos de feras assustadas.

— Que barulho é este? — perguntou Magdá, abraçando-se ao esposo, muito trêmula.

— Não tenhas medo, minha flor, é a tempestade.

— E não ouviste vozes de gente, a gritar?

— Qual! Era o vento que sibilava nos bambus.

— Não! não! Eu ouvi perfeitamente! — Entendi tudo o que diziam!

— Sonhavas, com certeza...

178 OBRAS COMPLETAS DE ALUÍSIO AZEVEDO

— Sim, Deus queira que tenhas razão, porque não podia ser mais horrível o que se passava...

— Que foi?

— Sonhava, imagina tu, que ias casar com a Rosinha...

— Mas como, se eu sou casado contigo?

— E chegava a cama para o teu noivado, e depois a cama se transformava numa montanha e tua suposta família vinha disputar-te contra mim e queria matar a pedradas o nosso filho.

— Que loucoura! respondeu o esposo com um sorriso de homem feliz.

— Sim, foi loucura, foi um sonho que felizmente já passou, e vejo-te a meu lado, fiel e amoroso como sempre. Não é verdade que só a mim amas e ao nosso filhinho? Fala, meu querido!

— Tão verdade quanto é mentira o que sonhavas; mas dorme, sim? dorme de novo, que precisas muito de repouso.

Magdá adormeceu com a cabeça no colo do marido imaginário e acordou a valer nos braços de Justina.

— Como se sente, minh'ama?

— Perfeitamente.

E acrescentou, depois de uma pausa: — Aquece um pouco de leite para dar ao Fernandinho, ouviste?

Justina olhou muito séria para a senhora e não se achou com ânimo de dizer nada.

— Ora esta!... pensou. — De que Fernandinho falará ela?...

E saiu do quarto benzendo-se toda.

O Conselheiro, a quem a rapariga foi logo comunicar o disparate da ama, correu a ter com a filha; mas, durante as longas horas em que conversaram, não lhe apanhou uma só palavra que levasse a desconfiar da sua razão. Magdá, ao contrário, parecia muito senhora

O HOMEM 179

das suas faculdades e até menos nervosa que de costume.

— Com certeza era tolice da criada.

XIX

Assim chegou a véspera do casamento de Luís com Rosinha. Haviam escolhido um domingo e achava-se tudo quase pronto para o grande regabofe: a casa foi esfregada por dentro e por fora com sabão e areia; não ficou um átomo de pó nas paredes, um sinal de escarro no assoalho, nem uma teia de aranha no teto. Desde a porta da rua até à cozinha recamou-se o chão de folhas de mangueira e trevo cheiroso, pregaram-se arcos de verdura em todas as portas; pediram-se cadeiras, louças, copos e talheres emprestados a amigos para que nada faltasse na ocasião do banquete; mandaram-se vir dois garrafões, um de vinho e outro de parati, o tacho de açúcar não saiu do fogo e encheram-se compoteiras e tigelas de doce de côco, de araçá, de leite, de ovos, de goiaba, marmelo, bananas, sem contar com bolos e pudins — uma orgia de açúcar! O forno do padeiro, que lhes fornecia o pão, prestou-se a assar um peru, um quarto de carneiro, um leitão e um grande alguidar de arroz, guarnecido de azeitonas e rodelas de linguiça. Trabalhou-se até à meia-noite em preparar o aposento dos noivos. A formidável cama lá estava, atravancando tudo, houve grandes discussões na ocasião de colocá-la porque aqueles não queriam, por coisa nenhuma desta vida, ficar com os pés para o lado da rua, "que era de mau agouro!" Resolveu-se a dificuldade condenando a porta da alcova e estabelecendo passagem por uma janela aberta sobre a salinha de jantar. Era um pouco maçante ter de entrar e sair do quarto aos pulos, lá

180   OBRAS COMPLETAS DE ALUÍSIO AZEVEDO

isso era; mas, antes assim do que ficar com os pés para a rua. "Deus te livre!"

A cama estava imponente: descia-lhe da cúpula um enorme cortinado de labirinto, que a avó do Luís, em quando moça, recebera como presente de uma senhora do Porto, a cujo filho amamentara antes de vir para o Brasil; arrepanhavam-no pelas extremidades, à base das quatro colunas, grandes ramos, de flores naturais, donde pendiam laços de cetim azul, baratinho, mas muito vistoso. Por cima da famosa colcha auri-verde com armas brasileiras figuravam uma cerimoniosa cobertura de rendas, sobre a qual se desfolharam rosas e bogaris; e lá no alto, por fora do sobrecéu, esparralhado contra o teto, um imenso feixe de tinhorões e crótons.

— Que lindo! diziam comovidos.

Ao lado da cama, a que não se podia subir sem o auxílio de uma cadeira, estendeu-se um tapete já surrado, mas donde se distinguia ainda o desenho de um leão em repouso; a um canto do quarto uma retrete com braços, e de outro uma pequena mesa de pinho, coberta de chita até aos pés, tendo em cima uma lamparina de azeite e um econômico oratório de madeira pintada, com uma Virgem que desaparecia engolida no seu desproporcionado resplendor de prata. Não se podia ir de uma à outra banda do aposento sem galgar por cima do leito.

O casório fez-se no dia marcado, às dez da manhã, numa igreja do Andaraí-grande. Que pagode! — Os noivos foram e voltaram a bonde, seguidos por uma dúzia de convidados de ambos os sexos e mais os padrinhos e as madrinhas; todos em gala de domingo. Muita roupa de cor, muita água florida, muita jóia maciça e tosca, e muita pilhéria de tirar couro e cabelo. O tempo ajudava; fazia um belo sol, de inverno alegre e

O HOMEM 181

comunicativo. Rosinha, baixota, bem socada, parecia mais vermelha no seu vestido de cassa branca, e o enorme véu de cambraia pouco transparente e dura que a envolvia da cabeça aos pés, dava-lhe um feitio piramidal de pão de açúcar. Ia muito encalistrada sob a vista curiosa dos passageiros estranhos à festa; não ergueu os olhos durante toda a viagem e as mãos suavam-lhe com o grande ramo simbólico, cuja haste ela mantinha sobre o peito, como quem segura o cabo de um estandarte. O Luís, à sua esquerda, mostrava-se, ao contrário, muito senhor de si e quase petulante de ventura; vestia calça e paletó de pano preto, novo em folha; nada de colete; tinha grandes sapatos de bezerro, engraxados, chapéu de lebre e gravata branca de cetim com um alfinete de ouro atravessando o laço. O casaco fechava-se-lhe sobre o estômago, deixando ver um peito de camisa, que era a última expressão da arte de reduzir o pano à madeira por meio do polvilho e do ferro de engomar; de tão duro e violento, rompia por entre as golas da roupa e abaulava-se arrogante numa só curva de alto a baixo; três botõezinhos de osso tingido de vermelho desfrutavam a suprema honra de guarnecer esta preciosidade. Levava dobrado ao pescoço, para resguardar o colarinho do suor, um lenço usado pela primeira vez, e no bolso do lenço trazia o relógio, com o trancelim bem à mostra por cima do peito. E todo ele recendia ao óleo e à brilhantina do barbeiro.

Quando, ultimada a cerimônia religiosa, tornaram para casa, com a idéia no resistente almoço preparado, foram à porta da rua surpreendidos por um oficlide, um pistão, um clarinete e um sax, que os perseguiam desd'aí até à sala de jantar, tocando furiosamente; era uma ovação feita ao recém-casado pelos companheiros de trabalho, que lá se achavam todos, mais ou menos endomingados. A refeição correu de princípio ao fim

182   OBRAS COMPLETAS DE ALUÍSIO AZEVEDO

muito alegre e animada; não havia cerimônia, era comer e beber à vontade; fizeram-se brindes do estilo e trocaram-se entre risadas as clássicas chalaças, com que essa boa gentinha dos cortiços costuma frisar brejeiramente a vexada felicidade dos noivos. Rosinha teve de repetir por várias vezes a frase de repreensão: "Este sem-vergonha!..." Depois da mesa engendrou-se um forrobodó e foi dançar pr'aí até o diabo dizer basta!

Um pagodão! Só uma coisa contrariava ao cavouqueiro: era ver entre aquelas moças, todas elas gente direita, a peste de uma bruaca que morava lá perto, uma tal D. Helena Guimarães, a quem a velha Custódia se lembrara de convidar.

— Ora pistolas!

— Mas que mal te fez a pobre de Cristo? — perguntou-lhe a avó.

— Não sei ! É mulher de má vida!

— É não senhor, foi! Hoje não tem o que se lhe diga...

— Porque está canhão! ninguém a quer para nada! Aparecesse um tolo... e veríamos!

— Coitada!

— Um estupor, que parece estar metendo pela cara dos outros aquele vestido de seda mais velho que a Sé! Um raio de uma biraia toda cheia de não me toques, com uma cara de que tudo lhe fede, e a abanar-se como no teatro! Má peste a lamba!

— São maneiras, filho!

— Maneiras! Eu dava-lhas, mas havia de ser com um bom marmelo! Demônio de um calhamaço, que tisna as farripas e pinta os olhos para parecer bonita! Uma lata toda rebocada, que até faz nojo!

E escarrou de esguelha. — Não! Com certeza seria melhor que ela cá não estivesse!

O HOMEM

E tinha razão. Ali, no meio daquela áspera gente do trabalho, gente de honestidade feroz, entre a qual o adultério do homem é tão severamente punido como o da esposa, a figura da tal D. Helena Guimarães destacava-se mais do que uma nódoa de lama no meio de uma camisa de algodão lavado. Na roda das prostitutas, seria um ornamento alegre, uma nota cômica — faria rir; mas ali servia apenas para constranger aos que queriam folgar em liberdade. Felizmente, porém, o estupor, mal acabou de jantar, ergueu-se e retirou-se logo, confessando-se indisposta. Sem dúvida foi para casa vomitar as tripas, que estômagos daqueles já não resistem à forte comida dos que se levantam antes do sol e trabalham doze horas por dia.

Pela volta das nove da noite surgiram como por encanto as violas e as guitarras, e o pagode tomou novo caráter. Pegou-se então de cantar o Fado Corrido, o Malhão, a Caninha Verde e a Espadelada. Começava a verdadeira festa.

Justina, que era louca pelo Fado, tratou de esgueirar-se, fugindo à tentação.

— Então já te raspas? perguntou-lhe a irmã.

— Minh'ama está só... respondeu num tom misterioso e apressado.

— Mas ainda é cedo... dança ao menos uma roda e vai-te ao depois...

— Não, não! A pobrezinha está muito ruim! Não imaginas, está como nunca; até parece que já não regula bem!...

A outra fez um espanto e quis informações.

— Não sei, filha, moléstia de família. O doutor disse outro dia que a mãe também acabara mal.

— E ela ainda pergunta por nós?

— Sempre. Inda hoje me perguntou pelo Luís...

— Coitada!

184   OBRAS COMPLETAS DE ALUÍSIO AZEVEDO

— Mas adeus, adeus, que já lá estão gritando por teu nome! Vai, filha, vai! Se me bispa o Manuel das Iscas não me desgarra tão cedo!

Ao sair, na carreira que a Justina levava para atravessar a rua, um capadócio, tresandando a cachaça e cambaleando, deu-lhe uma tracação. A rapariga desviou o corpo e soltou-lhe tal punhada pelas ventas, que o borracho rodou sobre os calcanhares e zás — por terra! Ela seguiu adiante.

— Diabo dos vagabundos! resmungou; mas, ao transpor o portão da chácara do Conselheiro, ria-se com a idéia do trambolhão que pregara ao tipo. — Bem feito! é para não se fazer de tolo cá pra meu lado!

Encontrou a senhora ainda acordada, a cismar, estendida no divã da alcova.

— Então, que tal correu a festa? perguntou Magdá com um bocejo.

A criada deu conta de tudo; descreveu o lindo que estava a casa; o rico que foi o banquete; o muito que se dançou durante o dia; a gente que lá se achava, nomeando um por um todos os convidados.

— Ah, minh'ama, vosmecê não faz idéia! Não me fica bem a mim falar, mas esteve que se podia ver! Nada faltou! Até sorvetes, creia!

E passou aos pormenores: citou os pratos que se exibiram, as garrafas que se enxugaram. "Uma coisa era ver a outra dizer"

— E o quarto?... acrescentou com interrogação de assombro, o quarto dos noivos?! Ah, que lindo! Todo forradinho de novo, com um papel azul de ramagens brancas. Metia gosto! E a cama? Só lençóis de linho — quatro! e mais três de algodão; não contando as colchas!

— Sete lençóis?...

O HOMEM 185

E, porque a ama fizesse um certo ar de estranheza:
— Para não manchar o colchão, como não?
— Ah!... fez Magdá, caindo em si.
— E o colchão é novo em folha! O homem saiu-se!
— Que homem?
— O padrinho de Luís, o Antônio Pechinchão!
Pois quem foi que lhe deu a cama?
— Sim, sim.
— É um traste que mete respeito. Aquilo deita a netos!

E vendo que a senhora mostrava interesse, continuou a dar à língua, particularizando os episódios mais insignificantes da função, repetindo as partidas que se deram, narrando pilhérias, contando os namoros, os ciúmes, e afinal! — Ai a Caninha Verde! "Que pena não poder ficar para ver!" Depois sem se conter e rindo envergonhada, confessou a festa que lhe fez o Manuel das Iscas. "Pois o demônio do homem não lhe tocou em casar?... Ora que asneira!... uma viúva mãe de três filhos pode lá pensar nisso!..." E por aí foi, no calor do entusiasmo, derretendo em palavras o seu bom humor condimentado com os brindes desse dia.

Magdá escutava-a, imóvel, sem lhe opor uma palavra; agora assentada; o queixo enterrado entre as mãos, os cotovelos fincados sobre as coxas magras. Lá fora, na casa dos noivos, continuavam a cantar ao desafio, ao som plangente das guitarras; e aquela música, simples e melancólica, dissolvida num lamento harmonioso e contínuo, ora chorado por voz de homem, ora soluçado por voz de mulher, chegava aos ouvidos dela, embebida em deliciosas mágoas de amor. Roía como saudade; gemia mais triste que a derradeira esperança quando abre as asas e desfere o vôo, para nunca mais voltar.

— Olhe, minh'ama! exclamou de súbito Justina.
— É ele que está cantando agora! É o Luís!

186   OBRAS COMPLETAS DE ALUÍSIO AZEVEDO

Magdá ergueu-se com um sobressalto e correu à janela. Era, com efeito, a voz do seu companheiro da outra vida:

"Tu a amar-me e eu a amar-te.
Não sei qual será mais firme!
Eu como sol a buscar-te;
Tu como sombra a fugir-me!"

E um coro de vozes abafadas respondia:

"Verde no mar
Anda à roda do vapor.
Ainda está para nascer
Quem há de ser
O meu amor."

E os olhos de Magdá orvalharam-se de ternura, e o seu coração enlanguesceu dolente, como se aquela voz, tão meiga e tão sentida, a estivesse chamando lá da misteriosa ilha dos seus amores.

— Escute, escute, minh'ama! Agora é a Rosinha!

"Se fores domingo à missa,
Fica em lugar que eu te veja,
Não faças andar meus olhos
Em leilão por toda a igreja!"

E vinha logo o lamentoso estribilho, cujas últimas notas se prolongavam surdamente e morriam de leve, como orações feitas no alto mar em noites de tempestade.

Magdá estava num enlevo. Depois de Rosinha, Luís cantou de novo, e outros e outros os sucederam, e o desafio foi se prolongando, e o tempo correndo, até

O HOMEM 187

que veio a madrugada surpreendê-la ainda esquecida à janela, na esperança de reconhecer entre aquelas vozes, e ouvi-la inda uma vez, a voz do seu fantástico amante.

— Ele não canta mais?... perguntou, afinal, à criada.

Justina sacudiu os ombros e disse entre dois bocejos que "era natural que o rapaz já se tivesse ido aninhar junto com a noiva".

— Ah!

— Também são horas e vosmecê devia fazer outro tanto...

— Outro tanto, como?...

— Devia deitar-se; descansar o corpo. São mais que horas?

— Que horas são?

— Caminha pras quatro.

— Já? Creio que eles não cantam mais...

— Não, minha senhora, acabou-se o pagode. Vosmecê quer que eu a adormeça no meu colo?

— Não. Você está caindo de sono.

— É que hoje lidei tanto...

— Pois recolha-se.

— E minh'ama, não se deita?

— Sim; já vou. Durma.

— Vosmecê sente alguma coisa?

— Não; suponho que não...

— Então, faça-me a vontade, sim? recolha-se também; agasalhe-se, minh'ama.

E Justina foi fechar a janela e conseguiu obrigar a senhora a ir para a cama.

Mas a filha do Conselheiro não podia dormir; sentia-se inquieta, sobressaltada, cheia de estranha e dolorosa impaciência; uma impaciência sem objetivo; um desejar vago, sem contornos; um querer, fosse o que fôsse, que ela não lograva determinar lùcidamente, por

188 OBRAS COMPLETAS DE ALUÍSIO AZEVEDO

melhores esforços que fizesse. Deram cinco horas; seis.
Magdá ergueu-se de novo, frenética, atordoada, enfiou
o sobretudo de lã, agasalhou a cabeça e o pescoço num
xale de seda e pôs-se a passear no quarto. Agora o que
mais lhe apertava o coração era uma enorme saudade
do filho; precisava vê-lo, abraçá-lo, devorá-lo de beijos.

— Oh! que falta lhe fazia o sonho!... disse ela,
torcendo-se de ansiedade.

Foi ter à janela da saleta contígua à sua alcova e
ficou a olhar abstratamente lá para fora. O dia acordava, estremunhado, remanchão, preguiçoso, sem ânimo de abrir de todo as pálpebras sonolentas, espiando
por entre as cambraias da neblina: não havia linhas de
horizonte, não havia contornos definidos; era tudo uma
acumulação de névoas, onde mal se pressentiam apa-
gadas sombras. Nem viva alma se destacava; nem um
só trabalhador passava para o serviço; a pedreira trans-
parecia apenas, como se estivesse mergulhada dentro
de uma grande opala derretida. E aos olhos de Magdá,
tudo aquilo principiou de afigurar uma natureza em
embrião, um mundo ainda informe, em estado gasoso;
alguma coisa que já existia e que ainda não vivia: um
ovo ainda não galado por Deus.

Mas, daí a pouco, no fundo desse caos opaco, no
âmago daquela albumina, a montanha começou a bulir,
a mexer-se como um corpo em gestação, e depois a agitar-se como um feto que quer nascer.

A infeliz delirava já.

E ela distinguiu que o imenso feto, sequioso de vida,
espedaçava a crisálida e, erguendo a cabeça, sacudia cá
fora, à luz do dia, a treva dos seus cabelos; e nessa cabeça, Magdá enxergava olhos que eram ternos e hu-
manos, e lábios que sorriam de amor. E viu em seguida
o gigante erguer os braços e romper as nuvens de alto
a baixo, e pôs-se de pé, altivo e risonho, tocando com a

O HOMEM 189

fronte nas estrelas que a cingiam e constelavam de régio diadema.

E reconheceu logo o seu amante.

— Oh, enfim! exclamou num brado de contentamento, estendendo-lhe os braços e pedindo-lhe entre lágrimas de gozo, que sem demora a arrebatasse lá para a outra vida ideal da fantasia. Nessa ocasião, porém, outro gigante inda maior assomara para além das bandas do oriente, e este agora vinha formidável e terrível, armado da cabeça aos pés, irradiando fogo; e, só com o dardejar e reluzir do seu escudo, desmaiavam no céu as deusas tímidas e palpitantes, fugia a lua assustada, e a terra tremia toda como a noiva na primeira noite das bodas.

Então Magdá viu entristecida a ciclópica figura do seu amado abalar-se e estremecer também, depois ir empalidecendo, até volver-se de novo montanha, agora resfraldada de gases cor de pérola, que se rasgavam e desteciam aos raios do sol nascente; enquanto ao redor surgiam aqui e acolá pontas de igrejas e ângulos de chalés esmaltados pela aurora, e repontavam grupos de árvores e saíam no chão manchas verdes que logo se transformavam em hortas e jardins, e alvejavam curvas tortuosas que se desfaziam em ruas e caminhos, e pontos negros que eram carroções de lixo, e outros menores e ligeiros que eram carrocinhas de pão; e pareciam vacas a tilintar o chocalho à porta das chácaras; e homens de jaquetão à balega e chapéu desabado apregoando perus, frutas ou garrafas vazias; e lavadeiras com imensas trouxas de roupa na cabeça; e pretas e pretos carregando altos tabuleiros de verdura ou carne fresca. E ouviam-se vozes de gente, choro e riso de crianças, latir de cães, cantar de galos, rodar de seges; um esfalgado zunzum de mundo gasto e enfermo, que acorda contra a vontade, inalteravelmente, como na véspera, para vegetar mais um dia de tédio, à espera da morte.

E Magdá afastou-se da janela e fechou-a com ímpeto, cheia de horror e cheia de nojo pelo mundo.

— Oh, que miséria! Oh, que miséria, meu Deus! E cerrou os olhos para não ver nada, e tapou os ouvidos para nada ouvir; mas, apesar disso, sentia, nauseada, que ali estava a sua alcova de doente, o seu leito impregnado de moléstia, a mesinha de cabeceira coberta de abomináveis frascos de remédio; a enfermeira, a Justina, ressonando a um canto, sobre um colchão, de papo para o ar, a boca aberta, o peito almofadado, meio à mostra, e uma perna, brutalmente gorda, aparecendo estirada por entre os lençóis.

E isto era a vida! — Que horror! que horror! — Que objeção! — Que porcaria!

E Magdá saiu do quarto para não espancar com os pés a criada, para não esbofetear a sua própria sombra; furtando-se daquilo tudo desorientada, inconsolável, com ânsias de desertar do mundo, de fugir de si mesma, do seu próprio corpo, da sua própria alma. E, no entanto — as saudades do filho a crescerem, a crescerem-lhe por dentro, cada vez mais, alastrando como hera florida e viçosa por entre ruínas.

E nada de chegar o sonho ou o delírio! — Que desespero!

Oh, mas precisava ver o filho no mesmo instante, readquiri-lo; matar aquele desensofrido desejo que a devorava com exigência de um vício profundo, adquirido na primeira idade; precisava refugiar-se nele — no seu Fernando — no seu amado, que era todo casto, amoroso e lindo, que era todo ideal e puro, e nada tinha deste mundo e com esta vida, estúpidos ambos, e ambos dessorados por enfermidades e por paixões de toda a casta infames, monstruosas e mesquinhas!

O HOMEM 191

Correu à mesa dos medicamentos, rebuscou entre os vidros o de láudano, apoderou-se dele com avidez e tomou uma grande dose.

No fim de algum tempo, viu, porém, que nem assim lhe acudia o sono ou a letargia. — Que suplício! — Apenas ficava estonteada, presa de tênue vertigem, que de quando em quando lhe apagava a luz dos olhos. Entrou no mesmo estado pelo dia alto, muito abstrata, andando por toda a casa como uma sonâmbula. Ao lanche das duas horas da tarde, o pai quis detê-la no seu lado e obrigá-la a conversar; ela escapou-lhe por entre os dedos e fugiu em silêncio para o andar superior, olhando a espaços para trás, desconfiada.

Agora, neste momento, não sentia nada, absolutamente nada, que a incomodasse; nem enxaquecas, nem dores na espinha, nem dormência nas pernas; já não a perseguiam o gosto de sangue e o cheiro de magnólia; via-se leve, como se estivesse ôca, vaporosa, aeriforme; sentia-se capaz de voar e de manter-se sobre uma pluma sem a abater. E dava-se ainda um outro fenômeno bem curioso: a vida real parecia-lhe agora o sonho, e o sonho afigurava-se-lhe a vida real; os fatos verdadeiros embaralhavam-se-lhe na mente, confundiam-se uns com os outros, fragmentavam-se, difundiam-se, escapavam; ao passo que os mais insignificantes pormenores da sua vida fantástica lhe permaneciam inteiros no espírito, claros e seguros à memória, como os cantos de um poema decorado na infância.

Queria lembrar-se do que, acordada, fizera na véspera; do que fizera havia poucos instantes, e não conseguia rememorar coisa alguma; enquanto que ainda lhe cantavam no ouvido, bem lúcidas e sonoras, as mais remotas palavras de Luís, e ainda sentia nos lábios a impressão dos últimos beijos de seu filho. Recordava-se de toda a sua existência fictícia, instante por instante; poderia narrá-la inteira, seguida; descrevê-la de princípio a fim, sem lhe esquecer um episódio; e, no entanto, estranhava a sala em que estava, sem poder determinar que casa era aquela e donde tinham vindo aqueles objetos que a cercavam.

Volvia surpreendida os olhos em torno de si, alheia ao lugar; nada, de quanto a sua vista lobrigava, lhe trazia à razão a sombra mais sutil de uma reminiscência. Afinal, deu com um dos grandes espelhos que havia erguidos sobre os consolos, e mirou-se, deixando escapar uma longa exclamação de pasmo.

Desconhecera-se.

Aproximou-se mais da sua lívida e descarnada imagem, profundamente abismada de se ver tão feia. Virou-se de um para outro lado e voltou-se para trás, procurando quem era aquela múmia, aquela horrorosa criatura que se refletia lá no espelho.

— Não! não! murmurou, sem se alterar e até sorrindo. — A que aparece lá não sou eu. É impossível!

E sacudia com a cabeça, punha a língua de fora, arregalava os olhos. O vidro reproduzia tudo.

— Mas não, não é possível que seja eu, insistiu a desgraçada, fugindo da sua sombra e gritando, a correr pela sala: — Eu tenho sangue nos lábios, brilho nos olhos, frescura na pele! meus peitos são carnudos e suculentos como duas mangas picadas por passarinho! meu corpo é todo cheio e torneado como o da novilha que foi coberta e ainda não pariu! Eu sou a mais formosa entre as mulheres da terra, por isso meu amado me escolheu entre todas! Quando eu vou ter com ele, ando depressa, sacudindo as saias, e a barra do meu vestido recende que nem a baunilha e a trevo-cheiroso!

Justina acudiu aos lascivos gritos da senhora. O Conselheiro não foi logo, porque nessa ocasião fazia a sesta no divã do seu gabinete.

O HOMEM 193

— Então que é isso, minh'ama?...

— Não! não! aquela que ali estava não era eu!...

Bem sei que isto não passa de uma extravagância de sonho!...

— É porque vosmecê está muito fraca... Quer que lhe vá buscar o caldinho?...

Magdá não respondeu; olhava fixamente para as suas mãos angulosas e desfeadas. Depois, com uma careta de repugnância, tenteou-se toda e ficou a tomar nos dedos a magreza das suas coxas.

Mas riu-se logo, repetindo, a apalpar-se:

— Que sonho extravagante! Que sonho engraçado!

E ia de novo ao espelho e apontava para a sua figura, e ria-se a bandeiras despregadas, como ébria.

— Que sonho! Que sonho!

— Então, minh'ama, posso ir buscar-lhe o caldinho?...

Magdá pôs-se muito séria e correu para junto da criada, como se só então tivesse dado pela sua presença.

— Hein? Que é?

— Pergunto se vosmecê quer tomar o seu caldo?...

— Que caldo?

— Ora essa! O seu caldinho das três horas.

— Três horas?

— Da tarde, minh'ama. Eu lho trago já.

E Justina saiu, resmungando: — Coitada! Inda ontem tão senhora de si e já hoje dá para não dizer coisa com coisa!... Mas isto há de passar, é fraqueza talvez!... ela, coitadinha, ainda não meteu nada pra o estômago!...

Daí a um instante voltava à sala.

— Prove, minh'ama, para ver como está seu apetite!

194   OBRAS COMPLETAS DE ALUÍSIO AZEVEDO

E esfriava o caldo com a colher, soprando em cima. Magdá sorvia automaticamente as colheradas que ela lhe levava à boca.

— Você onde estava?... perguntou a senhora.

— Na cozinha. Por que, minh'ama?

— E ontem, à noite?

— No casamento de minha mana...

— Sua mana?

— A Rosinha, como não?

— Com quem ela casou?

— É boa! Com o Luís! Pois minh'ama já se não lembra...

— Luís? Quem é o Luís?...

— Olhe agora! É o filho da tia Zefa, o moço ali da pedreira...

— Ah!... Um de corpo nu, com a cara molhada de suor...

— Que trouxe vosmecê ao colo, quando minh'ama subiu ao morro... Minh'ama conhece-o, como não?

Justina dizia estas coisas com a paciência de quem conversa com um alienado de estimação; e a outra olhava para ela sem pestanejar, interrompendo a sua imobilidade apenas para sorver as colheradas do caldo.

— Um descalço, prosseguiu Magdá; um que tem cabelos no peito; a carne rija como pedra; branca de marfim; a boca cheirando a murta!... Conheço! oh, se conheço!... Pois se lhe quero tanto bem!... E por onde anda agora esse ingrato...

— Está em casa, minh'ama... Ele hoje não foi ao serviço, porque se casou, mas...

— Ah! Ele casou-se...? Que homem!

— Casou-se ontem, sim senhora, mas amanhã está fino para o trabalho!

— Ah! Ele amanhã não fica na cama!...

O HOMEM

— Não fica, não senhora.

— Casou-se! Pois diga-lhe que venha aqui com a noiva; quero dar-lhes um presente, um bom presente de núpcias. Traga-os, não se esqueça; ouviu?

— Sim senhora. E quando?

— Quando quiserem vir.

— E a que horas, minh'ama?

— A qualquer hora, contanto que venham.

Nisto entrou o Conselheiro, e, a um sinal trocado secretamente com a criada, esta lhe respondeu em voz baixa:

— Agora... depois do caldo, está melhorzinha, sim senhor.

— Era debilidade... pensou o velho e, aproximando-se da filha, perguntou, tomando-lhe as mãos:

— A minha flor como se sente agora?... Já está mais disposta a conversar com o seu papai?...

Ela olhou para ele, estendeu-lhe o rosto e recebeu sorrindo um beijo na testa.

— Vamos dar uma volta pela chácara... propôs o pobre homem, tomando-a pela cintura e amparando-lhe o corpo sobre seu peito.

Magdá deixou-se levar, sem dizer palavra e, enquanto andou lá por baixo, esteve sempre muito entretida, ligando grande interesse a tudo que encontrava, nem como se houvesse recuperado a vista naquele momento, depois de uma cegueira de nascença. Correu tudo, revistou todo o jardim e todo o porão da casa; e cada objeto, que seus olhos topavam, a não serem os produtos puramente da natureza, despertava-lhe espantos de criança: um regador de folha, pintado de encarnado, causou-lhe enorme curiosidade: deteve-se alguns minutos a contemplá-lo, muito admirada, sem conseguir compreender o que era aquilo; um chapéu velho, de

196 OBRAS COMPLETAS DE ALUÍSIO AZEVEDO

copa alta, atirado ao chão, fez-lhe medo; parecia-lhe um bicho. O Conselheiro viu-se martirizado por um não acabar de perguntas verdadeiramente infantis, a que ele respondia com paciência de santo.

Quando, já ao dobrar da tarde, Justina a recolheu à alcova, ela assentou-se na cama e deu para fitar o seu crucifixo, indiferentando-se a tudo mais.

Era a letargia que enfim chegou.

Desta vez a imagem não cresceu, conservou-se do mesmo tamanho, apenas se despregou da cruz e ficou, posto que suspensa, na posição de quem se espreguiça. O papel da parede foi a pouco e pouco se convertendo em um fundo de verdura esbranquiçada, cujos planos iam lentamente se formando e acentuando com as precisas gradações dos tons; entretanto, o Cristo continuava sempre do mesmo tamanho, num desses planos, como por um efeito de perspectiva. Afinal, destacaram-se árvores, plantas, uma paisagem inteira e o Cristozinho, deixou de espreguiçar-se e pegou de andar por entre a mata, com a tranqüilidade de quem passeia nos seus quintais.

Só então foi que Magdá percebeu que estava observando tudo isto de uma janela e apressou-se a olhar em torno de si.

— Ah! exclamou, reconhecendo a sua adorada habitação da ilha. — Enfim! Ora, graças a Deus!

Lá estavam os seus objetos de arte, a sua mesa, o seu piano.

— Ah! agora sim.... era outra coisa!... prosseguia, considerando o próprio corpo, afagando-o por vê-lo novamente belo e forte; mas, tocada por uma idéia que a fêz estremecer, correu ligeira ao fundo do quarto, onde havia um berço.

— Ah! ah! Cá está ele! Cá está o meu ladrãozinho!

O HOMEM 197

Fernando dormia; Magdá tomou-o nos braços, erguendo-se no ar o seu corpinho nu e, vendo que ele agitava as pernas, rabujando zangado, chamou-o para os lábios e devorou-o de beijos.

O manhoso, assim que se pilhou no colo, pôs-se a rir.

— Coitadinho... balbuciou ela, rindo também com as lágrimas nos olhos.

E levou-o para a janela. O pequenino, logo que deu com o Cristo que continuava a passear por entre as árvores, gritou, sacudindo os seus bracinhos feitos de rôscas gordas.

— Papá! Papá!

E, ao que parece, o Cristo lhe ouviu a voz, porque veio então se aproximando, aproximando, fazendo-se homem, até chegar à janela.

Não era mais o Cristo; era o moço da pedreira.

XX

Passou a noite toda inteira na ilha, muito sossegada, muito feliz ao lado do marido. Lá não havia sobressaltos nervosos, nem infundados temores, nem súbitos esquecimentos do que se fizera pouco antes; lá a vida era boa, corredia, larga e tranqüila. Como de costume, fizera o seu bocado de música, leram, jogaram e conversaram: ela contou-lhe rindo e chasqueando, os seus últimos sonhos — o casamento dele com Rosinha — o desafio à guitarra. Cantou:

"Tu a amar-me e eu a amar-te,
Não sei qual será mais firme!
Eu como sol a buscar-te;
Tu como sombra a fugir-me!"

198 OBRAS COMPLETAS DE ALUÍSIO AZEVEDO

— Parece que ainda estou te ouvindo, meu amigo.
— Sonhadora!
— Ah, mas via-me tão magra, tão escaveirada, tão amarela, que metia pena!
Ele achava graça, ria.
— Magra, tu? que tens este corpo!...
E apertava-lhe a polpa do braço com os seus dedos vigorosos.
— Mas não imaginas, meu querido, a má impressão que me fazia o demônio do sonho; era tudo como se fôsse verdade: eu sentia e via como te estou vendo aqui!
— Estavas então muito feia...?
— Horrorosa! Se aquilo não passasse de pura ilusão — matava-me! acredita que me matava!
— Que vaidade, Magdá!
— Ora, no fim de contas sou mulher; além disso, prezo menos por mim a minha beleza do que por tua causa...
O rapaz agradeceu com carícia. E os dois continuaram a palestrar. Vieram à baila as saudades que Magdá sentira do filho e os seus tormentos por julgar-se longe dele.
— Estava como louca, disse a visionária; lembra-me bem de que, numa ocasião em que me fazia a passear pelo braço de meu pai na chácara da Tijuca, vi um regador de folha pintado de encarnado; pois queres acreditar que eu não podia atinar com o que aquilo era?...
— Tem graça!
— O que mais me admira, porém, de tudo isto, é que eu sonhe com todas as pessoas da minha convivência: contigo, com papai, com nossa criada Justina, com a família desta, e jamais com meu filho... Nunca sonhei com ele!
— Como não, se não pensas noutra coisa enquanto dormes? Pelo menos assim acabas de o afirmar...

O HOMEM 199

— Sim, mas nunca o vejo a meu lado...
— Vem a dar na mesma.

E assim cavaqueando, foram até à hora do chá, às dez, depois da qual, Magdá deu de mamar ao seu bebê. Em seguida lavou-se, tomou a sua roupa de alcova e afinal recolheu-se à cama com o marido, muito prosaicamente, a cantarolar um estribilho banal, feliz na convicção de que tinha ali mesmo a seu lado, ao mais curto alcance, tudo de quanto precisava para satisfazer as suas necessidades de mulher moça.

Foi então que ela tornou a si, na vida real. Estivera dezesseis horas em estado letárgico; havia caído em torpor às cinco da tarde e só acordara às nove da manhã do dia seguinte. Tomou a custo uma colherinha de xarope, que lhe deu a Justina, de um frasco novo que acabava de ser aberto, e ficou a olhar para a criada, fixamente, sem expressão, como uma figura de cera.

— Minh'ama ainda se lembra do que me disse ontem?...

— Que foi?

— Que eu falasse à Rosinha para vir cá, junto com o marido.

— Ah! Lembro-me perfeitamente...

— Pois eles estão aí fora...

Magdá conservou-se estática; não teve a mais ligeira contração no semblante. A criada acrescentou, depois de vesti-la:

— Quer vosmecê que eu os faça entrar para esta saleta aí ao pé?...

— Pois bem.

Justina saiu do quarto, nadando em satisfação, e desceu de carreira à chácara, onde o Luís a esperava ao lado da mulher.

Daí a pouco eram estes dois conduzidos à presença da filha do Conselheiro. O rapaz trazia a sua fatiota

200 OBRAS COMPLETAS DE ALUÍSIO AZEVEDO

nova do casamento, conservando a gravata de cetim: a outra um vestido de fustão branco sarapintado de florinhas azuis e cheirando à malva. Era ele agora quem estava muito vexado, e Rosinha não. Esta, ao contrário, resplandecia de contentamento expansivo: abria-lhe as pétalas da boca um sorriso largo de rosa ao desabrochar. Era a alegria vitoriosa da carne dos vinte anos, o riso da vontade satisfeita, o canto alegre da pomba depois do primeiro arrulho.

O sorriso do Luís já era outro; um sorriso de sonso, de felizardo consciente da largueza da sua fortuna e da escassez do seu próprio merecimento. Não levantava o rosto e não olhava de frente como a esposa; tinha os olhos em terra e torcia e destorcia entre os dedos calejados o seu chapéu novo de abas largas; todo ele envergonhado de ser tão feliz, envergonhado como um pobre--diabo que é surpreendido a comer às escondidas um manjar delicadíssimo e digno da boca de príncipes.

Magdá ainda mais a confundia, porque não lhe tirava a vista de cima; considerava-o da cabeça aos pés; parecia estudar-lhe os menores traços da fisionamia, como se intimamente o comparasse com alguém.

— Então, com que sempre se casaram...? perguntou afinal, mordendo o lábio inferior e achinesando os olhos.

Os dois, que até aí guardavam um silêncio espesso, apressaram-se a responder juntos, dando um pequeno passo para frente:

— Casamos, sim senhora.

— E desde quando se gostam? Há muito tempo já?

— Ora há que tempo!... resmungou Luís, olhando de soslaio para a mulher.

Esta soltou uma risadinha e disse:

— Eu ainda bem não tinha acabado a muda e já ele andava atrás de mim...

— E agora... estimam-se deveras?...

Os maganões não responderam, olharam um para o outro, apertando os beiços, e afinal duas gargalhadas espocaram ao mesmo tempo, sem que ambos pudessem mais trocar um olhar entre si; esfogueados por aquele riso escandaloso, aquele riso que denunciava o que só êles, os brejeiros, lá sabiam.

Houve um silêncio, em que Magdá parecia meditar, muito séria; depois — fez um quase imperceptível movimento de ombros e ordenou à criada que fosse lá embaixo buscar uma garrafa de vinho: "Vinho bom, hein!"

Justina saiu correndo e de passagem atirou aos noivos um gesto que dizia: "Vocês agora é que vão ver o que é uma boa pinga!"

A histérica passou ao quarto de dormir e foi buscar o frasco de xarope de Easton, aberto havia pouco; enquanto Luís, vendo-se a sós com a mulher, ferrou-lhe um beliscão na cinta.

— Fica quieto! segredou a moça, indicando com o polegar a porta por onde saíra a filha do Sr. Conselheiro.

Esta tornou a aparecer e propôs-lhes, com uma das mãos escondidas atrás das costas:

— Por que não entram aí para essa outra sala?... Sentem-se lá... Estejam à vontade...

Os dois seguiram, um após outro, para o compartimento contíguo, e a enferma acompanhou-os com estranho olhar, em que havia um duro ressaibo de cólera invejosa. Chispava-lhe na pupila o mesmo rábido fulgor com que ela vira uma vez matrimoniar-se o casalzinho de rolas da sala de jantar e com que, de outra,

202 OBRAS COMPLETAS DE ALUÍSIO AZEVEDO

fitara a volutuosa miniatura do "Amor e Desejo", que seu pai tanto estimava.

Justina voltou, trazendo uma bandeja com uma garrafa já aberta e três copos.

— Agora vai buscar doces e biscoutos, encomendou-lhe a senhora.

A criada depôs a bandeja sobre a mesa do centro e saiu de novo. Então Magdá, com muita calma, sem lhe tremer nem de leve a mão, encheu um dos copos de vinho e despejou no restante da garrafa todo o xarope do frasco; em seguida ia a chamar os noivos, mas deteve-se; tomou novamente a garrafa, mirou-a contra a luz, provou do vinho na ponta da língua e, satisfeita com o resultado do seu exame, tornou à alcova, trouxe outro frasco do xarope ainda intacto, abri-o e fez deste o mesmo que com o primeiro.

— Agora sim, disse baixinho, sacolejando a garrafa, e acrescentou em voz alta, dirigindo-se para a sala próxima, enquanto enchia tranqüilamente o segundo e o terceiro copo:

— Olá! Venham daí beber à minha saúde!

Os desgraçados acudiram logo de pronto. Magdá apoderou-se do copo que havia enchido antes e ofereceu-lhes com um gesto amável os outros.

Luís e Rosinha deram-se pressa em lançar mão cada um do seu.

— Então, vá! Para que sejam muito felizes! disse a histérica, levando o vinho à boca. — Bebam tudo! bebam tudo!

Os dois obedeceram, enxugando de um trago o líquido, com uma pequena careta, que não puderam reprimir.

— Que tal? perguntou Magdá.

O HOMEM

— Bom, muito obrigado, respondeu o cavouqueiro; mas, franqueza, franqueza, achei-o a modo que muito doce e muito azedo ao mesmo tempo...

— É que a gente não está acostumada... explicou Rosinha com um pigarro.

Nesse momento, Justina reaparecia, trazendo os biscoutos; porém, tanto o rapaz, como a noiva, posto se servissem logo, não podiam comer, que lhes principiavam os queixos a emperrar. E amargava-lhes a boca e ardia-lhes a garganta de um modo muito esquisito. Pediram água.

Justina não se achou com ânimo de gracejar e correu em busca do que eles reclamavam.

— Sentem alguma coisa? inquiriu Magdá tranqüilamente.

— Uma apertura aqui... disse Rosinha com dificuldade, levando a mão às têmporas e depois à nuca.

— Também a mim dói-me a cabeça... confirmou o cavouqueiro em voz alterada.

— Sentem-se, aconselhou a senhora. — Fiquem a gosto...

E sorriu.

Fez-se um silêncio gélido, em que se ouvia pendular na alcova de Magdá o seu pequeno regulador de bronze; mas no fim de alguns instantes os pobres noivos, que pareciam cada vez mais sobreexcitados, puseram-se a mexer com a mandíbula inferior, contraindo os músculos da face e daí a pouco tinham rápidos estremecimentos convulsivos, que lhes agitavam o corpo inteiro, de instante a instante, violentamente.

Luís quis falar e não pôde; apenas gorgolejou uns bufidos guturais.

Magdá ria-se, olhando as caretas convulsivas que ele e a mulher faziam. Esta, agoniada, levava simul-

204 OBRAS COMPLETAS DE ALUÍSIO AZEVEDO

taneamente as mãos à garganta e ao estômago, sem poder gritar, tão contraída tinha já o laringe.

Repetiam-se os espasmos com mais intensidade, acompanhados de feias agitações tetaniformes. O cavouqueiro estorcia-se na cadeira, rilhando os dentes e tomado de uma ereção dolorosíssima.

Quando Justina voltou, encontrou-os por terra, a estrebuchar; roxos, as pupilas dilatadas, os membros hirtos, os queixos cerrados.

A criada soltou um grito, atirou com a bilha de água e os copos e saiu a berrar.

Com este barulho, Luís teve um acesso mais forte e retesou-se todo, vergando-se para trás, a ponto de encostar a cabeça na coluna vertebral.

E roncava, escabujando horrorosamente.

— Que é isto?! exclamou o Conselheiro, invadindo o aposento, seguido por Justina, que parecia louca.

— Stchio!!! fez Magdá, pondo o dedo nos lábios e arregalando os olhos. — Não façam espalhafato!...

Deixem tudo por minha conta...

— Jesus! Que aconteceu? gritou o pai, fazendo-se côr de mármore e tentando levantar do chão o trabalhador. Não pode. Luís estava duro como uma estátua.

O pobre velho, a tremer, desorientado, precipitou-se sôbre a mesa e descobriu os frascos de xarope.

— Ah! explodiu, arrancando os cabelos. — Meu Deus! meu Deus! Envenenou-os!

— Que extravagância!... dizia Magdá com uma risada. — Que extravagância!!! Meu marido há de achar graça!...

O Conselheiro corria de um para outro lado, atônito, e, percebendo que os envenenados iam morrer, pediu socorro em altos brados.

Justina havia fugido para a rua e gritava:

— Acudam! Acudam!

O HOMEM 205

Entretanto, Rosinha e Luís agonizavam ao lado um do outro; a boca muito aberta e as ventas arregaçadas à falta de ar.

Em breve, a casa foi assaltada por uma porção de gente. A mãe e a avó do cavouqueiro entraram na carreira, terríveis, desgrenhadas, estralando com os tamancos no soalho — os braços nus, a saia enrodilhada na cintura — a bramirem chorando; ao passo que o Conselheiro deixava-se estrangular pelos soluços, atirado ao fundo de uma poltrona, com o rosto escondido entre as mãos.

Havia em todos os estranhos um lívido assombro de terror. Surgiram pálidas figuras curiosas e assustadas, espiando pelas portas; só bem distintos se ouviam os uivos e os rugidos da tia Zefa e da velha Custódia, que iam, rápido, farejando a casa toda, sala por sala, tontas e assanhadas como duas leoas rebuscando os filhos que lhes roubaram.

Uma onda feroz e atroadora invadiu os aposentos de Magdá, mas de súbito assomou por entre ela o sobretudo alvadio do Dr. Lobão que, atropeladamente, abriu caminho com três murros, e foi colocar-se defronte da criminosa, quando esta ia já ser alcançada pelas duas feras.

O populacho do cortiço e os trabalhadores da pedreira queriam acabá-la, ali mesmo, a unhas e dentes; porém o médico, muito esbofado, porque viera da rua lá a passo de lobo, o chapéu de castor no alto da cabeça, o suor a inundar-lhe o pescoço, os olhos faiscantes, mostrava os punhos e refilava as presas, rosnando contra quem se aproximasse da "sua enferma".

Estava formidável; metia medo! Nunca homem nenhum defendeu, nem a própria amante, com tamanha dedicação.

Ninguém ousou tocar em Magdá.

206   OBRAS COMPLETAS DE ALUÍSIO AZEVEDO

Entretanto, outro facultativo cuidava de Luís e Rosinha, mas sem resultado; os infelizes expiraram penosamente meia hora depois da intoxicação.

Afinal, chegaram as autoridades policiais. Fez-se o corpo de delito. Os cadáveres foram carregados para a sala do fundo. Expeliu-se o povo, fechou-se a casa e postaram-se soldados à porta. Conduzida Magdá à presença de suas vítimas, interrogaram-lhe se ela conhecia aqueles mortos.

— Pois não!... perfeitamente, respondeu a alucinada.

E acrescentou, segurando os cabelos do moço da pedreira: — Este é o meu querido esposo bem-amado, pai de meu filho, senhor poderoso na terra e descendente de Deus; matei-o e mais a essa outra que aí está, porque ele me traiu com ela!

XXI

Magdá, acompanhada pelo pai e pelo médico, foi nesse mesmo dia conduzida à Casa de Detenção.

Delirou por todo o caminho. Afigurava-se-lhe que o carro em que iam era um barco e a rua um grande rio deslizando entre paredes de verdura.

— Mais depressa! mais depressa! exclamava a insensata aos dois falsos tripulantes que tinha ao lado.

— Não deixem dormir os remos!

— Há de ser dificil encontrar semelhante ilha... observou um deles.

— E eu duvido muito que a encontremos... considerou o outro.

— Ah! disse a filha do Conselheiro, notando que o rio se alargava. — Talvez que apareça agora!...

— Mas isto já é o mar... contrapôs um daqueles.

O HOMEM 207

— Pois é justamente no mar que ela está... confirmou a desvairada.

— No mar?! Pois a senhora quer viajar em pleno mar com um barquinho tão à-toa?...

— Não faz mal! respondeu a senhora. — Não faz mal! Vamos adiante!

— É que é muito arriscado! Podemos levar o diabo!

— Procuremos! Procuremos!

— Procurar uma ilha como quem procura uma casa!...

— Não tenham medo! Vamos para a frente!

E o barco, embalançado agora pelas águas do alto mar, proejava errante; ora batido para a direita, ora para a esquerda; ora avançando, ora recuando, à procura da ilha encantada. Magdá, erguida de pé, os cabelos soltos ao vento, concheava a mão sobre os olhos e procurava descobrir ao longe, nos limbos do horizonte, algum ponto negro que lhe desse uma esperança.

— Por aqui não há ilha nenhuma!... objurgou um dos mareantes. — É loucura continuarmos a procurá-la!...

— Mas como se chama esse tal demônio de ilha? perguntou o outro.

— Não sei, não sei como se chama, a "Ilha do Segredo" talvez, ou talvez nem tenha nome; porém juro-lhe que ela existe, porque é lá que eu vivo há muito tempo, é lá que moro com minha família! Procuremos! Procuremos! Eu lhes darei todas as minhas jóias, eu lhes darei, senhores, tudo o que possuo, menos meu filho! Não parem! não hesitem, por amor de Deus!

Com estas palavras os remadores pareciam criar novo ânimo.

— Espera! gritou um deles, no fim de algum tempo. — Há terra naquela direção!

208   OBRAS COMPLETAS DE ALUÍSIO AZEVEDO

— E, se me não engano, é com efeito uma ilha...
acrescentou o companheiro.

— Pois vamos lá! Vamos lá! suplicava a histérica,
esfregando as mãos com impaciência.

— Mas como é longe!...

— Eu já nem sei por onde andamos!...

— Não desanimem! Não desanimem! Agora
pouco falta! Vamos! — Um pequeno esforço!

Enormes vagalhões erguiam-se de todos os lados; o
horizonte aparecia e desaparecia quase sem intermitência; o barquinho, tão depressa rastejava pelo fundo de
abismos tenebrosos, como se alcantilava deslizando no
claro dorso de espumosas montanhas; entretanto —
seguia, seguia sempre, agora sem mais auxílio de remos,
como se fosse levado por uma correnteza.

A ilha aumentava rapidamente defronte dos olhos
de Magdá.

— É ela mesma! É ela! exclamava a louca. — Já
daqui enxergo a colina, toda emplumada de bambus!

E alçava os braços para o céu, rindo e chorando de
alegria. — É ela! É a minha querida prisão! É o
meu ninho adorado! Vou tornar a vê-la! Vou habitá-la
de novo! Que ventura, que ventura suprema!

E avançavam, cada vez mais aceleradamente, arrastados pelas águas. Em menos de um minuto avistavam-se já as palmeiras da campina; via-se rebrilhar
ao sol o areal da praia; destacavam-se caminhos de verdura, e o teto da habitação surgia por entre massas de
arvoredo.

Mas já ninguém podia resistir ao ímpeto da carreira
que levava o barco; o miserável precipitava-se agora
vertiginosamente como se fosse arrebatado por uma
pororoca.

— Agüenta! Agüenta! berravam os catraeiros.

— Estamos perdidos!

O HOMEM 209

— Aguenta!

— Proteja-nos Deus!

— Valha-nos a Virgem!

Os marinheiros tinham a feroz catadura de quem vê a morte face a face. Praguejaram maldições, blasfêmias; depois abriram a chorar, como duas mulheres.

E Magdá sorria com a idéia de que, se expirasse afogada, o seu cadáver seria levado pelo oceano aos braços do milagroso amante, que a faria ressuscitar imediatamente.

Os dois homens rezaram, para morrer.

Redobrou a fúria da corrente. O barco rodopiava, que nem um tronco que a voragem sorveu. Magdá já não sentia o ponto de apoio, já não via ninguém a seu lado, arrebatada por um turbilhão de vagas que a sufocavam.

Remoinhou nessa aflição alguns instantes; de súbito, ouviu um estrondo de onda que espoca e sentiu-se rolar na praia, cuspida numa golfada de espumas.

Correu até onde nascia a relva e deixou-se cair aí, prostrada.

Assim esteve longo tempo, descansando ofegante sobre a grama fresca e macia, completamente nua, os olhos fechados; toda ela penetrada por um capitoso perfume de magnólia. Este aroma, que dantes tanto a importunava, dava-lhe agora inefáveis consolações; era esse o perfume da sua ilha querida; esse o aroma do paraíso de amor, onde nascera o ente que ela mais estremecia no mundo.

Todavia a prostração não a deixava ainda correr ao encontro do filho; e seus lábios estalavam de sede pelos beijos dele, e toda ela ardia na impaciência da saudade.

— Maldito abatimento!

210 OBRAS COMPLETAS DE ALUÍSIO AZEVEDO

Entardeceu. Um vento fresco agitava agora os carnaubais em melancólicos sussurros; a patativa gemia na mata, chamando o companheiro; e toda a ilha se apurpurava na fúlgida congestão do sol poente.

Magdá ergueu-se a meio na relva, admirada de que o marido ainda não tivesse dado por falta dela e não fôsse à sua procura: "Não era aquela a hora em que todos os casais se recolhiam ao aconchego dos ninhos?..."

Ficou a cismar.

— Teria acontecido alguma desgraça?... disse consigo. E então, a idéia do envenenamento de Luís e Rosinha veio-lhe à lembrança com o pânico de um sonho pressago.

Teve um arrepio. Recordou-se de os ter visto mortos, ao lado um do outro, lívidos e enrijados pela estricnina. Seu coração encheu-se com um pressentimento horrível. Levantou-se logo e tomou aflita a direção da casa.

A porta estava aberta. Foi entrando.

Achou tudo deserto e silencioso.

Estremeceu aterrada.

— Luís! gritou ela.

Ninguém respondeu.

— Luís! Ó Luís!

A sua voz perdia-se nos surdos murmúrios da tarde.

Sem ânimo de fazer uma conjetura, correu ao berço do filho.

Encontrou-o vazio.

Apalpou-lhe as roupas, levou-as à face — nenhum calor as aquecia.

Estremeceu de novo. E já aturdida, mais pálida do que a estrela da manhã, foi a todos os cantos da casa, gritando pelo filho e chamando pelo esposo.

O HOMEM 211

Nada! nada! Saiu a correr; entranhou-se na mata, percorreu vales e montanhas; cercou doidamente a ilha inteira, gritando e chorando. Não encontrou ninguém! ninguém! Tornou pelos caminhos andados; bateu de novo todos os recantos da ilha, e voltou a casa, possessa, estrangulada de soluços.

— Roubaram meu filho! Roubaram meu filho!

E pôs-se a quebrar tudo que lhe pilhava ao primeiro alcance. Arremessou por terra e de encontro às paredes, as jarras, o tinteiro, estatuetas e faianças; atirando depois consigo mesma ao chão, estrebuchando, torcendo-se em arco, encostando a cabeça nos calcanhares, a espumar entre dentes e a espolinhar-se como um hidrófobo. Em seguida começou a engatinhar, firmada nas mãos e nos joelhos, resbunando prolongadamente, com o pescoço estendido, a boca virada para o alto:

— Fernando! Fernando!

Corriam-lhe lágrimas pela face. De repente, ergueu-se e caiu de novo em fúria, a querer dar cabo de tudo; então sentiu que vigorosos pulsos a agarravam por detrás e enlaçavam-lhe os braços.

— Fernando! Fernando!

E tentava morder os que a seguravam, arremetendo com a cabeça para os lados.

Mas um homem suspendeu-a pelas costas e outro lhe enfiou pelos pés uma abominável mortalha de linho cru, que se lhe estreitava até ao pescoço, tolhendo-lhe o corpo inteiro.

E Magdá, em vão tentando debater-se na camisola de força, foi entre policiais, conduzida para uma célula nos braços do Dr. Lobão, que praguejava, furioso, por lhe não permitirem as leis carregá-la consigo no mesmo instante para a sua casa de saúde.

212   OBRAS COMPLETAS DE ALUÍSIO AZEVEDO

Ficou lá dentro sozinha, a roncar como uma fera encarcerada. O pai viu fecharem-lhe a jaula, mais sucumbido do que se aquela porta fosse a lousa de um túmulo.

— Está perdida para sempre! soluçou o desgraçado, resvalando no colo do médico.

O esquisitão fez que limpava o suor da testa, para disfarçar duas lágrimas rebeldes que lhe saltavam dos olhos escandalosamente.

Este livro O HOMEM de Aluísio de Azevedo é
o volume número 7 das Obras Completas de
Aluísio de Azevedo. Capa Cláudio Martins,
vinheta da página de rosto de Clóvis Graciano.
Impresso na Líthera Maciel Editora Gráfica Ltda,
Rua Simão Antônio, 1.070 - Contagem, para Editora Garnier, à Rua São Geraldo, 53 - Belo Horizonte. No catálogo geral leva o número 03095/
5B. ISBN. 85-7175-092-0.